AF523117

Heinrich von Kleist
Die Marquise von O...
Das Erdbeben in Cili

Heinrich von Kleist

Die Marquise von O...

Das Erdbeben in Chili

ANACONDA

Der vorliegende Text wurde unter Wahrung von Lautstand, Interpunktion sowie sprachlich-stilistischer Eigenheiten der neuen deutschen Rechtschreibung angepasst.

Penguin Random House Verlagsgruppe FSC® N001967

Die Deutsche Nationalbibliothek verzeichnet diese Publikation in der Deutschen Nationalbibliografie; detaillierte bibliografische Daten sind im Internet über http://dnb.d-nb.de abrufbar.

Umschlagmotiv: Jean-Marc Nattier (1685-1766), »Portrait der Marquise de la Ferte-Imbault« (1740), © Tokyo Fuji Art Museum, Tokyo / bridgemanart.com
Umschlaggestaltung: agilmedien, Köln
Satz und Layout: InterMedia – Lemke e. K., RHeiligenhaus
Druck und Bindung: CPI Books GmbH, Leck
ISBN 978-3-938484-50-0
www.anacondaverlag.de

Die Marquise von O…

In M…, einer bedeutenden Stadt im oberen Italien, ließ die verwitwete Marquise von O…, eine Dame von vortrefflichem Ruf, und Mutter von mehreren wohlerzogenen Kindern, durch die Zeitungen bekanntmachen: daß sie, ohne ihr Wissen, in andre Umstände gekommen sei, daß der Vater zu dem Kinde, das sie gebären würde, sich melden solle; und daß sie, aus Familienrücksichten, entschlossen wäre, ihn zu heiraten. Die Dame, die einen so sonderbaren, den Spott der Welt reizenden Schritt, beim Drang unabänderlicher Umstände, mit solcher Sicherheit tat, war die Tochter des Herrn von G…, Kommandanten der Zitadelle bei M… Sie hatte, vor ungefähr drei Jahren, ihren Gemahl, den Marquis von O…, dem sie auf das innigste und zärtlichste zugetan war, auf einer Reise verloren, die er, in Geschäften der Familie, nach Paris gemacht hatte. Auf Frau von G…s, ihrer würdigen Mutter, Wunsch, hatte sie, nach seinem Tode, den Landsitz verlassen, den sie bisher bei V… bewohnt hatte, und war, mit ihren beiden Kindern, in das Kommandantenhaus, zu ihrem Vater, zurückgekehrt. Hier hatte sie die nächsten Jahre mit Kunst, Lektüre, mit Erziehung, und ihrer Eltern Pflege beschäftigt, in der größten Eingezogenheit zugebracht: bis der … Krieg plötzlich die Gegend umher mit den Truppen fast aller Mächte und auch mit russischen erfüllte. Der Obrist von G…, welcher den Platz zu verteidigen Ordre hatte, forderte seine Gemahlin und seine Tochter auf, sich auf das Landgut, entweder der letzteren, oder seines Sohnes, das bei V… lag, zurückzuziehen. Doch ehe sich die Abschätzung noch, hier der Bedrängnisse, denen man in der Festung, dort der Greuel, denen man auf dem platten Lande ausgesetzt sein konnte, auf der Waage der weiblichen Überlegung entschieden hatte: war die Zitadelle von den russischen Truppen schon berennt, und aufgefordert, sich zu ergeben. Der Obrist erklärte gegen seine Familie, daß er sich nunmehr verhalten würde, als ob sie nicht vorhanden wäre; und antwortete mit Kugeln und Granaten. Der Feind, seinerseits, bombardierte die Zitadelle. Er steckte die Magazine in Brand, eroberte ein Außenwerk, und als der Kommandant, nach einer nochmaligen Aufforderung, mit der Übergabe zauderte, so ordnete er einen nächtlichen Überfall an, und eroberte die Festung mit Sturm.

Eben als die russischen Truppen, unter einem heftigen Haubitzenspiel, von außen eindrangen, fing der linke Flügel des Kommandantenhauses Feuer und nötigte die Frauen, ihn zu verlassen. Die Obristin, indem sie der Tochter, die mit den Kindern die Treppe hinabfloh, nacheilte, rief, daß man zusammenbleiben, und sich in die unteren Gewölbe flüchten möchte; doch eine Granate, die, eben in diesem Augenblicke, in dem Hause zerplatzte, vollendete die gänzliche Verwirrung in demselben. Die Marquise kam, mit ihren beiden Kindern, auf den Vorplatz des Schlosses, wo die Schüsse schon, im heftigsten Kampf, durch die Nacht blitzten, und sie, besinnungslos, wohin sie sich wenden solle, wieder in das brennende Gebäude zurückjagten. Hier, unglücklicherweise, begegnete ihr, da sie eben durch die Hintertür entschlüpfen wollte, ein Trupp feindlicher Scharfschützen, der, bei ihrem Anblick, plötzlich still ward, die Gewehre über die Schultern hing, und sie, unter abscheulichen Gebärden, mit sich fortführte. Vergebens rief die Marquise, von der entsetzlichen, sich untereinander selbst bekämpfenden, Rotte bald hier-, bald dorthin gezerrt, ihre zitternden, durch die Pforte zurückfliehenden Frauen, zu Hülfe. Man schleppte sie in den hinteren Schloßhof, wo sie eben, unter den schändlichsten Mißhandlungen, zu Boden sinken wollte, als, von dem Zetergeschrei der Dame herbeigerufen, ein russischer Offizier erschien, und die Hunde, die nach solchem Raub lüstern waren, mit wütenden Hieben zerstreute. Der Marquise schien er ein Engel des Himmels zu sein. Er stieß noch dem letzten viehischen Mordknecht, der ihren schlanken Leib umfaßt hielt, mit dem Griff des Degens ins Gesicht, daß er, mit aus dem Mund vorquellendem Blut, zurücktaumelte; bot dann der Dame, unter einer verbindlichen, französischen Anrede den Arm, und führte sie, die von allen solchen Auftritten sprachlos war, in den anderen, von der Flamme noch nicht ergriffenen, Flügel des Palastes, wo sie auch völlig bewußtlos niedersank. Hier – traf er, da bald darauf ihre erschrockenen Frauen erschienen, Anstalten, einen Arzt zu rufen; versicherte, indem er sich den Hut aufsetzte, daß sie sich bald erholen würde; und kehrte in den Kampf zurück.

Der Platz war in kurzer Zeit völlig erobert, und der Kommandant, der sich nur noch wehrte, weil man ihm keinen Pardon geben wollte, zog sich eben mit sinkenden Kräften nach dem Portal des Hauses zurück, als der russische Offizier, sehr erhitzt im Gesicht, aus demselben hervortrat, und ihm zurief, sich zu ergeben. Der Kommandant antwortete, daß er auf diese Aufforderung nur gewartet habe, reichte ihm seinen Degen dar, und bat sich die Erlaubnis aus, sich ins Schloß begeben, und nach seiner Familie umsehen zu dürfen. Der russische Offizier, der, nach der Rolle zu urteilen, die er spielte, einer der Anführer des Sturms zu sein schien, gab ihm, unter Begleitung einer Wache, diese Freiheit; setzte sich, mit einiger Eilfertigkeit, an die Spitze eines Detachements, entschied, wo er noch zweifelhaft sein mochte, den Kampf, und bemannte schleunigst die festen Punkte des Forts. Bald darauf kehrte er auf den Waffenplatz zurück, gab Befehl, der Flamme, welche wütend um sich zu greifen anfing, Einhalt zu tun, und leistete selbst hierbei Wunder der Anstrengung, als man seine Befehle nicht mit dem gehörigen Eifer befolgte. Bald kletterte er, den Schlauch in der Hand, mitten unter brennenden Giebeln umher, und regierte den Wasserstrahl; bald steckte er, die Naturen der Asiaten mit Schaudern erfüllend, in den Arsenälen, und wälzte Pulverfässer und gefüllte Bomben heraus. Der Kommandant, der inzwischen in das Haus getreten war, geriet auf die Nachricht von dem Unfall, der die Marquise betroffen hatte, in die äußerste Bestürzung. Die Marquise, die sich schon völlig, ohne Beihülfe des Arztes, wie der russische Offizier vorhergesagt hatte, aus ihrer Ohnmacht wieder erholt hatte, und bei der Freude, alle die Ihrigen gesund und wohl zu sehen, nur noch, um die übermäßige Sorge derselben zu beschwichtigen, das Bett hütete, versicherte ihn, daß sie keinen andern Wunsch habe, als aufstehen zu dürfen, um ihrem Retter ihre Dankbarkeit zu bezeugen. Sie wußte schon, daß er der Graf F..., Obristlieutenant vom t...n Jägerkorps, und Ritter eines Verdienst- und mehrerer anderen Orden war. Sie bat ihren Vater, ihn inständigst zu ersuchen, daß er die Zitadelle nicht verlasse, ohne sich einen Augenblick im Schloß gezeigt zu haben. Der Kommandant, der das Gefühl seiner Tochter ehrte, kehrte auch ungesäumt in das Fort zurück, und trug ihm, da er unter unaufhörlichen Kriegsanordnungen umherschweifte, und keine bessere Gelegenheit zu finden war, auf den Wällen, wo er eben die zerschossenen Rotten revidierte, den Wunsch seiner gerührten Tochter vor. Der Graf versicherte ihn, daß er nur auf den Augenblick warte, den er seinen Geschäften würde abmüßigen können, um ihr seine Ehrerbietigkeit zu bezeugen. Er wollte noch hören, wie sich die Frau Marquise befinde? als ihn die Rapporte mehrer Offiziere schon wieder in das Gewühl des Krieges zurückrissen. Als der Tag anbrach, erschien der Befehlshaber der russischen Truppen, und besichtigte das Fort. Er bezeugte dem Kommandanten seine Hochachtung, bedauerte, daß das Glück seinen Mut nicht besser unterstützt habe, und gab ihm, auf sein Ehrenwort, die Freiheit, sich hinzubegeben, wohin er wolle. Der Kommandant versicherte ihn seiner Dankbarkeit, und äußerte, wieviel er, an diesem Tage, den Russen überhaupt, und besonders dem jungen Grafen F..., Obristlieutenant vom t...n Jägerkorps, schuldig geworden sei. Der General fragte, was vorgefallen sei; und als man ihn von dem frevelhaften Anschlag auf die Tochter desselben unterrichtete, zeigte er sich auf das äußerste entrüstet. Er rief den Grafen F... bei Namen vor. Nachdem er ihm zuvörderst wegen seines eignen edelmütigen Verhaltens eine kurze Lobrede gehalten hatte: wobei der Graf über das ganze Gesicht rot ward; schloß er, daß er die Schandkerle, die den Namen des Kaisers brandmarkten, niederschießen lassen wolle; und befahl ihm, zu sagen, wer sie seien? Der Graf F... antwortete, in einer verwirrten Rede, daß er nicht imstande sei, ihre Namen anzugeben, indem es ihm, bei dem schwachen Schimmer der Reverberen im Schloßhof, unmöglich gewesen wäre, ihre Gesichter zu erkennen. Der General, welcher gehört hatte, daß damals schon das Schloß in Flammen stand, wunderte sich darüber; er bemerkte, wie man wohlbekannte Leute in der Nacht an ihren Stimmen erkennen könnte; und gab ihm, da er mit einem verlegenen Gesicht die Achseln zuckte, auf, der Sache auf das allereifrigste und strengste nachzuspüren. In diesem Augenblick berichtete jemand, der sich aus dem hintern Kreise hervordrängte, daß einer von den, durch den Grafen F... verwundeten, Frevlern, da er in dem Korridor niedergesunken, von den Leuten des Kommandanten in ein Behältnis geschleppt worden, und darin noch befindlich sei. Der General ließ diesen hierauf durch eine Wache herbeiführen, ein kurzes Verhör über ihn halten; und die ganze Rotte, nachdem jener sie genannt hatte, fünf an der Zahl zusammen, erschießen. Dies abgemacht, gab der General, nach Zurücklassung einer kleinen Besatzung, Befehl zum allgemeinen Aufbruch der übrigen Truppen; die Offiziere zerstreuten sich eiligst zu ihren Korps; der Graf trat, durch die Verwirrung der Auseinandereilenden, zum Kommandanten, und bedauerte, daß er sich der Frau Marquise, unter diesen Umständen, gehorsamst empfehlen müsse: und in weniger, als einer Stunde, war das ganze Fort von Russen wieder leer.

Die Familie dachte nun darauf, wie sie in der Zukunft eine Gelegenheit finden würde, dem Grafen irgendeine Äußerung ihrer Dankbarkeit zu geben; doch wie groß war ihr Schrecken, als sie erfuhr, daß derselbe noch am Tage seines Aufbruchs aus dem Fort, in einem Gefecht mit den feindlichen Truppen, seinen Tod gefunden habe. Der Kurier, der diese Nachricht nach M... brachte, hatte ihn mit eignen Augen, tödlich durch die Brust geschossen, nach P... tragen sehen, wo er, wie man sichere Nachricht hatte, in dem Augenblick, da ihn die Träger von den Schultern nehmen wollten, verblichen war. Der Kommandant, der sich selbst auf das Posthaus verfügte, und sich nach den näheren Umständen dieses Vorfalls erkundigte, erfuhr noch, daß er auf dem Schlachtfeld, in dem Moment, da ihn der Schuß traf, gerufen habe: »Julietta! Diese Kugel rächt dich!« und nachher seine Lippen auf immer geschlossen hätte. Die Marquise war untröstlich, daß sie die Gelegenheit hatte vorbeigehen lassen, sich zu seinen Füßen zu werfen. Sie machte sich die lebhaftesten Vorwürfe, daß sie ihn, bei seiner, vielleicht aus Bescheidenheit, wie sie meinte, herrührenden Weigerung, im Schlosse zu erscheinen, nicht selbst aufgesucht habe; bedauerte die Unglückliche, ihre Namensschwester, an die er noch im Tode gedacht hatte; bemühte sich vergebens, ihren Aufenthalt zu erforschen, um sie von diesem unglücklichen und rührenden Vorfall zu unterrichten; und mehrere Monden vergingen, ehe sie selbst ihn vergessen konnte.

Die Familie mußte nun das Kommandantenhaus räumen, um dem russischen Befehlshaber darin Platz zu machen. Man überlegte anfangs, ob man sich nicht auf die Güter des Kommandanten begeben sollte, wozu die Marquise einen großen Hang hatte; doch da der Obrist das Landleben nicht liebte, so bezog die Familie ein Haus in der Stadt, und richtete sich dasselbe zu einer immerwährenden Wohnung ein. Alles kehrte nun in die alte Ordnung der Dinge zurück. Die Marquise knüpfte den lange unterbrochenen Unterricht ihrer Kinder wieder an, und suchte, für die Feierstunden, ihre Staffelei und Bücher hervor: als sie sich, sonst die Göttin der Gesundheit selbst, von wiederholten Unpäßlichkeiten befallen fühlte, die sie ganze Wochen lang, für die Gesellschaft untauglich machten. Sie litt an Übelkeiten, Schwindeln und Ohnmachten, und wußte nicht, was sie aus diesem sonderbaren Zustand machen solle. Eines Morgens, da die Familie beim Tee saß, und der Vater sich, auf einen Augenblick, aus dem Zimmer entfernt hatte, sagte die Marquise, aus einer langen Gedankenlosigkeit erwachend; zu ihrer Mutter: »Wenn mir eine Frau sagte, daß sie ein Gefühl hätte, ebenso, wie ich jetzt, da ich die Tasse ergriff, so würde ich bei mir denken, daß sie in gesegneten Leibesumständen wäre.« Frau von G… sagte, sie verstände sie nicht. Die Marquise erklärte sich noch einmal, daß sie eben jetzt eine Sensation gehabt hätte, wie damals, als sie mit ihrer zweiten Tochter schwanger war. Frau von G…, sagte, sie würde vielleicht den Phantasus gebären, und lachte. Morpheus wenigstens, versetzte die Marquise, oder einer der Träume aus seinem Gefolge, würde sein Vater sein; und scherzte gleichfalls. Doch der Obrist kam, das Gespräch ward abgebrochen, und der ganze Gegenstand, da die Marquise sich in einigen Tagen wieder erholte, vergessen.

Bald darauf ward der Familie, eben zu einer Zeit, da sich auch der Forstmeister von G…, des Kommandanten Sohn, in dem Hause eingefunden hatte, der sonderbare Schrecken; durch einen Kammerdiener, der ins Zimmer trat, den Grafen F… anmelden zu hören. »Der Graf F…!« sagte der Vater und die Tochter zugleich; und das Erstaunen machte alle sprachlos. Der Kammerdiener versicherte, daß er recht gesehen und gehört habe, und daß der Graf schon im Vorzimmer stehe, und warte. Der Kommandant sprang sogleich selbst auf, ihm zu öffnen, worauf er, schön, wie ein junger Gott, ein wenig bleich im Gesicht, eintrat. Nachdem die Szene unbegreiflicher Verwunderung vorüber war, und der Graf, auf die Anschuldigung der Eltern, daß er ja tot sei, versichert hatte, daß er lebe; wandte er, sich, mit vieler Rührung im Gesicht, zur Tochter, und seine erste Frage war gleich, wie sie sich befinde? Die Marquise versicherte, sehr wohl, und wollte nur wissen, wie er ins Leben erstanden sei? Doch er, auf seinem Gegenstand beharrend, erwiderte: daß sie ihm nicht die Wahrheit sage; auf ihrem Antlitz drücke sich eine seltsame Mattigkeit aus; ihn müsse alles trügen, oder sie sei unpäßlich, und leide. Die Marquise, durch die Herzlichkeit, womit er dies vorbrachte, gut gestimmt, versetzte: nun ja; diese Mattigkeit, wenn er wolle, könne für die Spur einer Kränklichkeit gelten, an welcher sie vor einigen Wochen gelitten hätte; sie fürchte inzwischen nicht, daß diese weiter von Folgen sein würde. Worauf er, mit einer aufflammenden Freude, erwiderte: er auch nicht! und hinzusetzte, ob sie ihn heiraten wolle? Die Marquise wußte nicht, was sie von dieser Aufführung denken solle. Sie sah, über und über rot, ihre Mutter, und diese, mit Verlegenheit, den Sohn und den Vater an; während der Graf vor die Marquise trat, und indem er ihre Hand nahm, als ob er sie küssen wollte, wiederholte: ob sie ihn verstanden hätte? Der Kommandant sagte: ob er nicht Platz nehmen wolle; und setzte ihm, auf eine verbindliche, obschon etwas ernsthafte, Art einen Stuhl hin. Die Obristin sprach: »In der Tat, wir werden glauben, daß Sie ein Geist sind, bis Sie uns werden eröffnet haben, wie Sie aus dem Grabe, in welches man Sie zu P... gelegt hatte, erstanden sind.« Der Graf setzte sich, indem er die Hand der Dame fahrenließ, nieder, und sagte, daß er, durch die Umstände gezwungen, sich sehr kurz fassen müsse; daß er, tödlich durch die Brust geschossen, nach P... gebracht worden wäre; daß er mehrere Monate daselbst an seinem Leben verzweifelt hätte; daß währenddessen die Frau Marquise sein einziger Gedanke gewesen wäre; daß er die Lust und den Schmerz nicht beschreiben könnte, die sich in dieser Vorstellung umarmt hätten; daß er endlich, nach seiner Wiederherstellung, wieder zur Armee gegangen wäre; daß er daselbst die lebhafteste Unruhe empfunden hätte; daß er mehrere Male die Feder ergriffen, um in einem Briefe, an den Herrn Obristen und die Frau Marquise, seinem Herzen Luft zu machen; daß er plötzlich mit Depeschen nach Neapel geschickt worden wäre; daß er nicht wisse, ob er nicht von dort weiter nach Konstantinopel werde abgeordert werden; daß er vielleicht gar nach St. Petersburg werde gehen müssen; daß ihm inzwischen unmöglich wäre, länger zu leben, ohne über eine notwendige Forderung seiner Seele ins Reine zu sein; daß er dem Drang bei seiner Durchreise durch M..., einige Schritte zu diesem Zweck zu tun, nicht habe widerstehen können; kurz, daß er den Wunsch hege, mit der Hand der Frau Marquise beglückt zu werden, und daß er auf das ehrfurchtsvollste, inständigste und dringendste bitte, sich ihm hierüber gütig zu erklären. – Der Kommandant, nach einer langen Pause, erwiderte: daß ihm dieser Antrag zwar, wenn er, wie er nicht zweifle, ernsthaft gemeint sei, sehr schmeichelhaft wäre. Bei dem Tode ihres Gemahls, des Marquis von O..., hätte sich seine Tochter aber entschlossen, in keine zweite Vermählung einzugehen. Da ihr jedoch kürzlich von ihm eine so große Verbindlichkeit auferlegt worden sei: so wäre es nicht unmöglich, daß ihr Entschluß dadurch, seinen Wünschen gemäß, eine Abänderung erleide; er bitte sich inzwischen die Erlaubnis für sie aus, darüber im stillen während einiger Zeit nachdenken zu dürfen. Der Graf versicherte, daß diese gütige Erklärung zwar alle seine Hoffnungen befriedige; daß sie ihn, unter anderen Umständen, auch völlig beglücken würde; daß er die ganze Unschicklichkeit fühle, sich mit derselben nicht zu beruhigen: daß dringende Verhältnisse jedoch, über welche er sich näher auszulassen nicht imstande sei, ihm eine bestimmtere Erklärung äußerst wünschenswert machten; daß die Pferde, die ihn nach Neapel tragen sollten, vor seinem Wagen stünden; und daß er inständigst bitte, wenn irgend etwas in diesem Hause günstig für ihn spreche – wobei er die Marquise ansah –, ihn nicht, ohne eine gütige Äußerung darüber, abreisen zu lassen. Der Obrist, durch diese Aufführung ein wenig betreten, antwortete, daß die Dankbarkeit, die die Marquise für ihn empfände, ihn zwar zu großen Voraussetzungen berechtige: doch nicht zu so großen; sie werde bei einem Schritte, bei welchem es das Glück ihres Lebens gelte, nicht ohne die gehörige Klugheit verfahren. Es wäre unerläßlich, daß seiner Tochter, bevor sie sich erkläre, das Glück seiner nähern Bekanntschaft würde. Er lade ihn ein, nach Vollendung seiner Geschäftsreise, nach M... zurückzukehren, und auf einige Zeit der Gast seines Hauses zu sein. Wenn alsdann die Frau Marquise hoffen könne, durch ihn glücklich zu werden, so werde auch er, eher aber nicht, mit Freuden vernehmen, daß sie ihm eine bestimmte Antwort gegeben habe. Der Graf äußerte, indem ihm eine Röte ins Gesicht stieg, daß er seinen ungeduldigen Wünschen, während seiner ganzen Reise, dies Schicksal vorausgesagt habe; daß er sich inzwischen dadurch in die äußerste Bekümmernis gestürzt sehe; daß ihm, bei der ungünstigen Rolle, die er eben jetzt zu spielen gezwungen sei, eine nähere Bekanntschaft nicht anders als vorteilhaft sein könne; daß er für seinen Ruf, wenn anders diese zweideutigste aller Eigenschaften in Erwägung gezogen werden solle, einstehen zu dürfen glaube; daß die einzige nichtswürdige Handlung, die er in seinem Leben begangen hätte, der Welt unbekannt, und er schon im Begriff sei, sie wiedergutzumachen; daß er, mit einem Wort, ein ehrlicher Mann sei, und die Versicherung anzunehmen bitte, daß diese Versicherung wahrhaftig sei. – Der Kommandant erwiderte, indem er ein wenig, obschon ohne Ironie, lächelte, daß er alle diese Äußerungen unterschreibe. Noch hätte er keines jungen Mannes Bekanntschaft gemacht, der, in so kurzer

Zeit, so viele vortreffliche Eigenschaften des Charakters entwickelt hätte. Er glaube fast, daß eine kurze Bedenkzeit die Unschlüssigkeit, die noch obwalte, heben würde; bevor er jedoch Rücksprache genommen hätte, mit seiner sowohl, als des Herrn Grafen Familie, könne keine andere Erklärung, als die gegebene, erfolgen. Hierauf äußerte der Graf, daß er ohne Eltern und frei sei. Sein Onkel sei der General K..., für dessen Einwilligung er stehe. Er setzte hinzu, daß er Herr eines ansehnlichen Vermögens wäre, und sich würde entschließen können, Italien zu seinem Vaterlande zu machen. – Der Kommandant machte ihm eine verbindliche Verbeugung, erklärte seinen Willen noch einmal; und bat ihn, bis nach vollendeter Reise, von dieser Sache abzubrechen. Der Graf, nach einer kurzen Pause, in welcher er alle Merkmale der größten Unruhe gegeben hatte, sagte, indem er sich zur Mutter wandte, daß er sein Äußerstes getan hätte, um dieser Geschäftsreise auszuweichen; daß die Schritte, die er deshalb beim General en Chef, und dem General K..., seinem Onkel, gewagt hätte, die entscheidendsten gewesen wären, die sich hätten tun lassen; daß man aber geglaubt hätte, ihn dadurch aus einer Schwermut aufzurütteln, die ihm von seiner Krankheit noch zurückgeblieben wäre; und daß er sich jetzt völlig dadurch ins Elend gestürzt sehe. – Die Familie wußte nicht, was sie zu dieser Äußerung sagen sollte. Der Graf fuhr fort, indem er sich die Stirn rieb, daß wenn irgend Hoffnung wäre, dem Ziele seiner Wünsche dadurch näher zu kommen, er seine Reise auf einen Tag, auch wohl noch etwas darüber, aussetzen würde, um es zu versuchen. – Hierbei sah er, nach der Reihe, den Kommandanten, die Marquise und die Mutter an. Der Kommandant blickte mißvergnügt vor sich nieder, und antwortete ihm nicht. Die Obristin sagte: »Gehn Sie, gehn Sie, Herr Graf; reisen Sie nach Neapel; schenken Sie uns, wenn Sie wiederkehren, auf einige Zeit das Glück Ihrer Gegenwart; so wird sich das übrige finden.« – Der Graf saß einen Augenblick, und schien zu suchen, was er zu tun habe. Drauf, indem er sich erhob, und seinen Stuhl wegsetzte: da er die Hoffnungen, sprach er, mit denen er in dies Haus getreten sei, als übereilt erkennen müsse, und die Familie, wie er nicht mißbillige, auf eine nähere Bekanntschaft bestehe: so werde er seine Depeschen, zu einer anderweitigen Expedition, nach Z..., in das Hauptquartier, zurückschicken, und das gütige Anerbieten, der Gast dieses Hauses zu sein, auf einige Wochen annehmen. Worauf er noch, den Stuhl in der Hand, an der Wand stehend, einen Augenblick verharrte, und den Kommandanten ansah. Der Kommandant versetzte, daß es ihm äußerst leid tun würde, wenn die Leidenschaft, die er zu seiner Tochter gefaßt zu haben scheine, ihm Unannehmlichkeiten von der ernsthaftesten Art zuzöge: daß er indessen wissen müsse, was er zu tun und zu lassen habe, die Depeschen abschicken, und die für ihn bestimmten Zimmer beziehen möchte. Man sah ihn bei diesen Worten sich entfärben, der Mutter ehrerbietig die Hand küssen, sich gegen die übrigen verneigen und sich entfernen.

Als er das Zimmer verlassen hatte, wußte die Familie nicht, was sie aus dieser Erscheinung machen solle. Die Mutter sagte, es wäre wohl nicht möglich, daß er Depeschen, mit denen er nach Neapel ginge, nach Z… zurückschicken wolle, bloß, weil es ihm nicht gelungen wäre, auf seiner Durchreise durch M…, in einer fünf Minuten langen Unterredung, von einer ihm ganz unbekannten Dame ein Jawort zu erhalten. Der Forstmeister äußerte, daß eine so leichtsinnige Tat ja mit nichts Geringerem, als Festungsarrest, bestraft werden würde! Und Kassation obenein, setzte der Kommandant hinzu. Es habe aber damit keine Gefahr, fuhr er fort. Es sei ein bloßer Schreckschuß beim Sturm; er werde sich wohl noch, ehe er die Depeschen abgeschickt, wieder besinnen. Die Mutter, als sie von dieser Gefahr unterrichtet ward, äußerte die lebhafteste Besorgnis, daß er sie abschikken werde. Sein heftiger, auf einen Punkt hintreibender Wille, meinte sie, scheine ihr gerade einer solchen Tat fähig. Sie bat den Forstmeister auf das dringendste, ihm sogleich nachzugehen, und ihn von einer so unglückdrohenden Handlung abzuhalten. Der Forstmeister erwiderte, daß ein solcher Schritt gerade das Gegenteil bewirken, und ihn nur in der Hoffnung, durch seine Kriegslist zu siegen, bestärken würde. Die Marquise war derselben Meinung, obschon sie versicherte, daß ohne ihn die Absendung der Depeschen unfehlbar erfolgen würde, indem er lieber werde unglücklich werden, als sich eine Blöße geben wollen. Alle kamen darin überein, daß sein Betragen sehr sonderbar sei, und daß er Damenherzen durch Anlauf, wie Festungen, zu erobern gewohnt scheine. In diesem Augenblick bemerkte der Kommandant den angespannten Wagen des Grafen vor seiner Tür. Er rief die Familie ans Fenster, und fragte einen eben eintretenden Bedienten, erstaunt, ob der Graf noch im Hause sei? Der Bediente antwortete, daß er unten, in der Domestikenstube, in Gesellschaft eines Adjutanten, Briefe schreibe und Pakete versiegle. Der Kommandant, der seine Bestürzung unterdrückte, eilte mit dem Forstmeister hinunter, und fragte den Grafen, da er ihn auf dazu nicht schicklichen Tischen seine Geschäfte betreiben sah, ob er nicht in seine Zimmer treten wolle? Und ob er sonst irgend etwas befehle? Der Graf erwiderte, indem er mit Eilfertigkeit fortschrieb, daß er untertänigst danke, und daß sein Geschäft abgemacht sei; fragte noch, indem er den Brief zusiegelte, nach der Uhr; und wünschte dem Adjutanten, nachdem er ihm das ganze Portefeuille übergeben hatte, eine glückliche Reise. Der Kommandant, der seinen Augen nicht traute, sagte, indem der Adjutant zum Hause hinausging: »Herr Graf, wenn Sie nicht sehr wichtige Gründe haben –« »Entscheidende!« fiel ihm der Graf ins Wort; begleitete den Adjutanten zum Wagen, und öffnete ihm die Tür. »In diesem Fall würde ich wenigstens«, fuhr der Kommandant fort, »die Depeschen –« »Es ist nicht möglich«, antwortete der Graf, indem er den Adjutanten in den Sitz hob. »Die Depeschen gelten nichts in Neapel ohne mich. Ich habe auch daran gedacht. Fahr zu!« – »Und die

Briefe Ihres Herrn Onkels?« rief der Adjutant, sich aus der Tür hervorbeugend. »Treffen mich«, erwiderte der Graf, »in M...« »Fahr zu«, sagte der Adjutant, und rollte mit dem Wagen dahin.

Hierauf fragte der Graf F..., indem er sich zum Kommandanten wandte, ob er ihm gefälligst sein Zimmer anweisen lassen wolle? Er würde gleich selbst die Ehre haben, antwortete der verwirrte Obrist; rief seinen und des Grafen Leuten, das Gepäck desselben aufzunehmen; und führte ihn in die für fremden Besuch bestimmten Gemächer des Hauses, wo er sich mit einem trocknen Gesicht empfahl. Der Graf kleidete sich um; verließ das Haus, um sich bei dem Gouverneur des Platzes zu melden, und für den ganzen weiteren Rest des Tages im Hause unsichtbar, kehrte er erst kurz vor der Abendtafel dahin zurück.

Inzwischen war die Familie in der lebhaftesten Unruhe. Der Forstmeister erzählte, wie bestimmt, auf einige Vorstellungen des Kommandanten, des Grafen Antworten ausgefallen wären; meinte, daß sein Verhalten einem völlig überlegten Schritt ähnlich sehe; und fragte, in aller Welt, nach den Ursachen einer so auf Kurierpferden gehenden Bewerbung. Der Kommandant sagte, daß er von der Sache nichts verstehe, und forderte die Familie auf, davon weiter nicht in seiner Gegenwart zu sprechen. Die Mutter sah alle Augenblicke aus dem Fenster, ob er nicht kommen, seine leichtsinnige Tat bereuen, und wiedergutmachen werde. Endlich, da es finster ward, setzte sie sich zur Marquise nieder, welche, mit vieler Emsigkeit, an einem Tisch arbeitete, und das Gespräch zu vermeiden schien, Sie fragte sie halblaut, während der Vater auf und nieder ging, ob sie begreife, was aus dieser Sache werden solle? Die Marquise antwortete, mit einem schüchtern nach dem Kommandanten gewandten Blick: wenn der Vater bewirkt hätte, daß er nach Neapel gereist wäre, so wäre alles gut. »Nach Neapel!« rief der Kommandant, der dies gehört hatte. »Sollt ich den Priester holen lassen? Oder hätt ich ihn schließen lassen und arretieren, und mit Bewachung nach Neapel schicken sollen?« – »Nein«, antwortete die Marquise, »aber lebhafte und eindringliche Vorstellungen tun ihre Wirkung«; und sah, ein wenig unwillig, wieder auf ihre Arbeit nieder. – Endlich gegen die Nacht erschien der Graf. Man erwartete nur, nach den ersten Höflichkeitsbezeugungen, daß dieser Gegenstand zur Sprache kommen würde, um ihn mit vereinter Kraft zu bestürmen, den Schritt, den er gewagt hatte, wenn es noch möglich sei, wieder zurückzunehmen. Doch vergebens, während der ganzen Abendtafel, erharrte man diesen Augenblick. Geflissentlich alles, was darauf führen konnte, vermeidend, unterhielt er den Kommandanten vom Kriege, und den Forstmeister von der Jagd. Als er des Gefechts bei P..., in welchem er verwundet worden war, erwähnte, verwickelte ihn die Mutter bei der Geschichte seiner Krankheit, fragte ihn, wie es ihm an diesem kleinen Orte ergangen sei, und ob er die gehörigen Bequemlichkeiten gefunden hätte. Hierauf erzählte er mehrere, durch seine Leidenschaft zur Marquise interessanten, Züge: wie sie beständig, während seiner Krankheit, an seinem Bette gesessen hätte; wie er die Vorstellung von ihr, in der Hitze des Wundfiebers, immer mit der Vorstellung eines Schwans verwechselt hätte, den er, als Knabe, auf seines Onkels Gütern gesehen; daß ihm besonders eine Erinnerung rührend gewesen wäre, da er diesen Schwan einst mit Kot beworfen, worauf dieser still untergetaucht, und rein aus der Flut wieder emporgekommen sei; daß sie immer auf feurigen Fluten umhergeschwommen wäre, und er Thinka gerufen hätte, welches der Name jenes Schwans gewesen, daß er aber nicht imstande gewesen wäre, sie an sich zu locken, indem sie ihre Freude gehabt hätte, bloß am Rudern und In-die-Brust-sich-Werfen; versicherte plötzlich, blutrot im Gesicht, daß er sie außerordentlich liebe: sah wieder auf seinen Teller nieder, und schwieg. Man mußte endlich von der Tafel aufstehen; und da der Graf, nach einem kurzen Gespräch mit der Mutter, sich sogleich gegen die Gesellschaft verneigte, und wieder in sein Zimmer zurückzog: so standen die Mitglieder derselben wieder, und wußten nicht, was sie denken sollten. Der Kommandant meinte: man müsse der Sache ihren Lauf lassen. Er rechne wahrscheinlich auf seine Verwandten bei diesem Schritte. Infame Kassation stünde sonst darauf. Frau von G... fragte ihre Tochter, was sie denn von ihm halte? Und ob sie sich wohl zu irgendeiner Äußerung, die ein Unglück vermiede, würde verstehen können? Die Marquise antwortete: »Liebste Mutter! Das ist nicht möglich. Es tut mir leid, daß meine

Dankbarkeit auf eine so harte Probe gestellt wird. Doch es war mein Entschluß, mich nicht wieder zu vermählen; ich mag mein Glück nicht, und nicht so unüberlegt, auf ein zweites Spiel setzen.« Der Forstmeister bemerkte, daß wenn dies ihr fester Wille wäre, auch diese Erklärung ihm Nutzen schaffen könne, und daß es fast notwendig scheine, ihm irgend eine bestimmte zu geben. Die Obristin versetzte, daß da dieser junge Mann, den so viele außerordentliche Eigenschaften empföhlen, seinen Aufenthalt in Italien nehmen zu wollen, erklärt habe, sein Antrag, nach ihrer Meinung, einige Rücksicht, und der Entschluß der Marquise Prüfung verdiene. Der Forstmeister, indem er sich bei ihr niederließ, fragte, wie er ihr denn, was seine Person anbetreffe, gefalle? Die Marquise antwortete, mit einiger Verlegenheit: »Er gefällt und mißfällt mir«; und berief sich auf das Gefühl der anderen. Die Obristin sagte: »Wenn er von Neapel zurückkehrt, und die Erkundigungen, die wir inzwischen über ihn einziehen könnten, dem Gesamteindruck, den du von ihm empfangen hast, nicht widersprächen: wie würdest du dich, falls er alsdann seinen Antrag wiederholte, erklären?« »In diesem Fall«, versetzte die Marquise »würd ich – da in der Tat seine Wünsche so lebhaft scheinen, diese Wünsche –« sie stockte, und ihre Augen glänzten, indem sie dies sagte »– um der Verbindlichkeit willen, die ich ihm schuldig bin, erfüllen.« Die Mutter, die eine zweite Vermählung ihrer Tochter immer gewünscht hatte, hatte Mühe, ihre Freude über diese Erklärung zu verbergen, und sann, was sich wohl daraus machen lasse. Der Forstmeister sagte, indem er unruhig vom Sitz wieder aufstand, daß wenn die Marquise irgend an die Möglichkeit denke, ihn einst mit ihrer Hand zu erfreuen, jetzt gleich notwendig ein Schritt dazu geschehen müsse, um den Folgen seiner rasenden Tat vorzubeugen. Die Mutter war derselben Meinung, und behauptete, daß zuletzt das Wagstück nicht allzugroß wäre, indem bei so vielen vortrefflichen Eigenschaften, die er in jener Nacht, da das Fort von den Russen erstürmt ward, entwickelte, kaum zu fürchten sei, daß sein übriger Lebenswandel ihnen nicht entsprechen sollte. Die Marquise sah, mit dem Ausdruck der lebhaftesten Unruhe, vor sich nieder. »Man könnte ihm ja«, fuhr die Mutter fort, indem sie ihre Hand ergriff, »etwa eine Erklärung, daß du, bis zu seiner Rückkehr von Neapel, in keine andere Verbindung eingehen wollest, zukommen lassen.« Die Marquise sagte: »Diese Erklärung, liebste Mutter, kann ich ihm geben; ich fürchte nur, daß sie ihn nicht beruhigen, und uns verwickeln wird.« »Das sei meine Sorge!« erwiderte die Mutter, mit lebhafter Freude; und sah sich nach dem Kommandanten um. »Lorenzo!« fragte sie, »was meinst du?« und machte Anstalten, sich vom Sitz zu erheben. Der Kommandant, der alles gehört hatte, stand am Fenster, sah auf die Straße hinaus, und sagte nichts. Der Forstmeister versicherte, daß er, mit dieser unschädlichen Erklärung, den Grafen aus dem Hause zu schaffen, sich anheischig mache. »Nun so macht! macht! macht!« rief der Vater, indem er sich umkehrte: »ich muß mich diesem Russen schon zum zweitenmal ergeben!« – Hierauf sprang die Mutter auf, küßte ihn und die Tochter, und fragte, indem der Vater über ihre Geschäftigkeit lächelte, wie man dem Grafen jetzt diese Erklärung augenblicklich hinterbringen solle? Man beschloß, auf den Vorschlag des Forstmeisters, ihn bitten zu lassen, sich, falls er noch nicht entkleidet sei, gefälligst auf einen Augenblick zur Familie zu verfügen. Er werde gleich die Ehre haben zu erscheinen! ließ der Graf antworten, und kaum war der Kammerdiener mit dieser Meldung zurück, als er schon selbst, mit Schritten, die die Freude beflügelte, ins Zimmer trat, und zu den Füßen der Marquise, in der allerlebhaftesten Rührung niedersank. Der Kommandant wollte etwas sagen: doch er, indem er aufstand, versetzte, er wisse genug! küßte ihm und der Mutter die Hand, umarmte den Bruder, und bat nur um die Gefälligkeit, ihm sogleich zu einem Reisewagen zu verhelfen. Die Marquise, obschon von diesem Auftritt bewegt, sagte doch: »Ich fürchte nicht, Herr Graf, daß Ihre rasche Hoffnung Sie zu weit –« »Nichts! Nichts!« versetzte der Graf; »es ist nichts geschehen, wenn die Erkundigungen, die Sie über mich einziehen mögen, dem Gefühl widersprechen, das mich zu Ihnen in dies Zimmer zurückberief.« Hierauf umarmte der Kommandant ihn auf das herzlichste, der Forstmeister bot ihm sogleich seinen eigenen Reisewagen an, ein Jäger flog auf die Post, Kurierpferde auf Prämien zu bestellen, und Freude war bei dieser Abreise, wie noch niemals bei einem Empfang. Er hoffe, sagte der Graf, die

Depeschen in B... einzuholen, von wo er jetzt einen näheren Weg nach Neapel, als über M... einschlagen würde; in Neapel würde er sein möglichstes tun, die fernere Geschäftsreise nach Konstantinopel abzulehnen; und da er, auf den äußersten Fall, entschlossen wäre, sich krank anzugeben, so versicherte er, daß wenn nicht unvermeidliche Hindernisse ihn abhielten, er in Zeit von vier bis sechs Wochen unfehlbar wieder in M... sein würde. Hierauf meldete sein Jäger, daß der Wagen angespannt, und alles zur Abreise bereit sei. Der Graf nahm seinen Hut, trat vor, die Marquise, und ergriff ihre Hand. »Nun denn«, sprach er, »Julietta, so bin ich einigermaßen beruhigt«; und legte seine Hand in die ihrige; »obschon es mein sehnlichster Wunsch war, mich noch vor meiner Abreise mit Ihnen zu vermählen.« »Vermählen!« riefen alle Mitglieder der Familie aus. »Vermählen«, wiederholte der Graf, küßte der Marquise die Hand, und versicherte, da diese fragte, ob er von Sinnen sei: es würde ein Tag kommen, wo sie ihn verstehen würde! Die Familie wollte auf ihn böse werden; doch er nahm gleich auf das wärmste von allen Abschied, bat sie, über diese Äußerung nicht weiter nachzudenken, und reiste ab.

Mehrere Wochen, in welchen die Familie, mit sehr verschiedenen Empfindungen, auf den Ausgang dieser sonderbaren Sache gespannt war, verstrichen. Der Kommandant empfing vom General K..., dem Onkel des Grafen, eine höfliche Zuschrift; der Graf selbst schrieb aus Neapel; die Erkundigungen, die man über ihn einzog, sprachen ziemlich zu seinem Vorteil; kurz, man hielt die Verlobung schon für so gut, wie abgemacht: als sich die Kränklichkeiten der Marquise, mit größerer Lebhaftigkeit, als jemals, wiedereinstellten. Sie bemerkte eine unbegreifliche Veränderung ihrer Gestalt. Sie entdeckte sich mit völliger Freimütigkeit ihrer Mutter, und sagte, sie wisse nicht, was sie von ihrem Zustand denken solle. Die Mutter, welche so sonderbare Zufälle für die Gesundheit ihrer Tochter äußerst besorgt machten, verlangte, daß sie einen Arzt zu Rate ziehe. Die Marquise, die durch ihre Natur zu siegen hoffte, sträubte sich dagegen; sie brachte mehrere Tage noch, ohne dem Rat der Mutter zu folgen, unter den empfindlichsten Leiden zu: bis Gefühle, immer wiederkehrend und von so wunderbarer Art, sie in die lebhafteste Unruhe stürzten. Sie ließ einen Arzt rufen, der das Vertrauen ihres Vaters besaß, nötigte ihn, da gerade die Mutter abwesend war, auf den Diwan nieder, und eröffnete ihm, nach einer kurzen Einleitung, scherzend, was sie von sich glaube. Der Arzt warf einen forschenden Blick auf sie; schwieg noch, nachdem er eine genaue Untersuchung vollendet hatte, eine Zeitlang: und antwortete dann mit einer sehr ernsthaften Miene, daß die Frau Marquise ganz richtig urteile. Nachdem er sich auf die Frage der Dame, wie er dies verstehe, ganz deutlich erklärte, und mit einem Lächeln, das er nicht unterdrücken konnte, gesagt hatte, daß sie ganz gesund sei, und keinen Arzt brauche, zog die Marquise, und sah ihn sehr streng von der Seite an, die Klingel, und bat ihn, sich zu entfernen. Sie äußerte halblaut, als ob er der Rede nicht wert wäre, vor sich nieder murmelnd: daß sie nicht Lust hätte, mit ihm über Gegenstände dieser Art zu scherzen. Der Doktor erwiderte empfindlich: er müsse wünschen, daß sie immer zum. Scherz so wenig aufgelegt gewesen wäre, wie jetzt; nahm Stock und Hut, und machte Anstalten, sich sogleich zu empfehlen. Die Marquise versicherte, daß sie von diesen Beleidigungen ihren Vater unterrichten würde. Der Arzt antwortete, daß er seine Aussage vor Gericht beschwören könne: öffnete die Tür, verneigte sich, und wollte das Zimmer verlassen. Die Marquise fragte, da er noch einen Handschuh, den er hatte fallen lassen, von der Erde aufnahm: »Und die Möglichkeit davon, Herr Doktor?« Der Doktor erwiderte, daß er ihr die letzten Gründe der Dinge nicht werde zu erklären brauchen; verneigte sich ihr noch einmal, und ging ab.

Die Marquise stand, wie vom Donner gerührt. Sie raffte sich auf, und wollte zu ihrem Vater eilen; doch der sonderbare Ernst des Mannes, von dem sie sich beleidigt sah, lähmte alle ihre Glieder. Sie warf sich in der größten Bewegung auf den Diwan nieder. Sie durchlief, gegen sich selbst mißtrauisch, alle Momente des verflossenen Jahres, und hielt sich für verrückt, wenn sie an den letzten dachte. Endlich erschien die Mutter; und auf die bestürzte Frage, warum sie so unruhig sei? erzählte ihr die Tochter, was ihr der Arzt soeben eröffnet hatte. Frau von G... nannte ihn einen Unverschämten und Nichtswürdigen, und bestärkte die Tochter in dem Entschluß, diese Beleidigung dem Vater zu entdecken. Die Marquise versicherte, daß es sein völliger Ernst gewesen sei, und daß er entschlossen scheine, dem Vater ins Gesicht seine rasende Behauptung zu wiederholen. Frau von G... fragte, nicht wenig erschrocken, ob sie denn an die Möglichkeit eines solchen Zustandes glaube? »Eher«, antwortete die Marquise, »daß die Gräber befruchtet werden, und sich dem Schoße der Leichen eine Geburt entwickeln wird!« »Nun, du liebes wunderliches Weib«, sagte die Obristin, indem sie sie fest an sich drückte: »was beunruhigt dich denn? Wenn dein Bewußtsein dich rein spricht: wie kann dich ein Urteil, und wäre es das einer ganzen Konsulta von Ärzten, nur kümmern? Ob das seinige aus Irrtum, ob es aus Bosheit entsprang: gilt es dir nicht völlig gleichviel? Doch schicklich ist es, daß wir es dem Vater entdecken.« – »O Gott!« sagte die Marquise, mit einer konvulsivischen Bewegung: »wie kann ich mich beruhigen. Hab ich nicht mein eignes, innerliches, mir nur allzu wohlbekanntes Gefühl gegen mich? Würd ich nicht, wenn ich in einer andern meine Empfindung wüßte, von ihr selbst urteilen, daß es damit seine Richtigkeit habe?« »Es ist entsetzlich«, versetzte die Obristin. »Bosheit! Irrtum!« fuhr die Marquise fort. »Was kann dieser Mann, der uns bis auf den heutigen Tag schätzenswürdig erschien, für Gründe haben, mich auf eine so mutwillige und niederträchtige Art zu kränken? Mich, die ihn nie beleidigt hatte? Die ihn mit Vertrauen, und dem Vorgefühl zukünftiger Dankbarkeit, empfing? Bei der er, wie seine ersten Worte zeugten, mit dem reinen und unverfälschten Willen erschien, zu helfen, nicht Schmerzen, grimmigere, als ich empfand, erst zu erregen? Und wenn ich in der Notwendigkeit der Wahl«, fuhr sie fort, während die Mutter sie unverwandt ansah, »an einen Irrtum glauben wollte: ist es wohl möglich, daß ein Arzt, auch nur von mittelmäßiger Geschicklichkeit, in solchem Falle irre?« – Die Obristin sagte ein wenig spitz: »Und gleichwohl muß es doch notwendig eins oder das andere gewesen sein.« »Ja!« versetzte die Marquise, »meine teuerste Mutter«, indem sie ihr, mit dem Ausdruck der gekränkten Würde, hochrot im Gesicht glühend, die Hand küßte: »das muß es! Obschon die Umstände so außerordentlich sind, daß es mir erlaubt ist, daran zu zweifeln. Ich schwöre, weil es doch einer Versicherung bedarf, daß mein Bewußtsein, gleich dem meiner Kinder ist; nicht reiner, Verehrungswürdigste, kann das Ihrige sein. Gleichwohl bitte ich Sie, mir eine Hebamme rufen zu lassen, damit ich mich von dem, was ist, überzeuge, und gleichviel alsdann, was es sei, beruhige.« »Eine Hebamme!« rief Frau von G... mit Entwürdigung. »Ein reines Bewußtsein, und eine Hebamme!« Und die Sprache ging ihr aus. »Eine Hebamme, meine teuerste Mutter«, wiederholte die Marquise, indem sie sich auf Knien vor ihr niederließ; »und das augenblicklich, wenn ich nicht wahnsinnig werden soll.« »O sehr gern«, versetzte die Obristin; »nur bitte ich, das Wochenlager nicht in meinem Hause zu halten.« Und damit stand sie auf, und wollte das Zimmer verlassen. Die Marquise, ihr mit ausgebreiteten Armen folgend, fiel ganz auf das Gesicht nieder, und umfaßte ihre Knie. »Wenn irgendein unsträfliches Leben«, rief sie, mit der Beredsamkeit des Schmerzes, »ein Leben, nach Ihrem Muster geführt, mir ein Recht auf Ihre Achtung gibt, wenn irgendein mütterliches Gefühl auch nur, solange meine Schuld nicht sonnenklar entschieden ist, in Ihrem Busen für mich spricht: so verlassen Sie mich in diesen entsetzlichen Augenblicken nicht.« – »Was ist es, das dich beunruhigt?« fragte die Mutter. »Ist es weiter nichts, als der Ausspruch des Arztes? Weiter nichts, als dein innerliches Gefühl?« »Nichts weiter, meine Mutter«, versetzte die Marquise, und legte ihre Hand auf die Brust. »Nichts, Julietta?« fuhr die Mutter fort. »Besinne dich. Ein Fehltritt, so unsäglich er mich schmerzen würde, er ließe sich, und ich müßte ihn zuletzt verzeihn; doch wenn du, um einem mütterlichen Verweis auszuweichen, ein Märchen von der Umwälzung der Weltordnung ersinnen, und gotteslästerliche Schwüre häufen könntest, um es meinem, dir nur allzugern gläubigen, Herzen aufzubürden: so wäre das schändlich: ich würde dir niemals wieder gut werden.« – »Möge das Reich der Erlösung einst so offen vor mir liegen, wie meine Seele vor Ihnen«, rief die Marquise. »Ich verschwieg Ihnen nichts, meine Mutter.« – Diese Äußerung, voll Pathos getan, erschütterte die Mutter. »O Himmel!« rief sie: »mein liebenswürdiges Kind! Wie rührst du mich!« Und hob sie auf, und küßte sie, und drückte sie an ihre Brust. »Was denn, in aller Welt, fürchtest du? Komm, du bist sehr krank.« Sie wollte sie in ein Bett führen. Doch die Marquise, welcher die Tränen häufig flossen, versicherte, daß sie sehr gesund wäre, und daß ihr gar nichts fehle, außer jenem sonderbaren und unbegreiflichen Zustand. – »Zustand!« rief die Mutter wieder; »welch ein Zustand? Wenn dein Gedächtnis über die Vergangenheit so sicher ist, welch ein Wahnsinn der Furcht ergriff dich? Kann ein innerliches Gefühl denn, das doch nur dunkel sich regt, nicht trügen?« »Nein! Nein!« sagte die Marquise, »es trügt mich nicht! Und wenn Sie die Hebamme rufen lassen wollen, so werden Sie hören, daß das Entsetzliche, mich Vernichtende, wahr ist.« – »Komm, meine liebste Tochter«, sagte Frau von G..., die für ihren Verstand zu fürchten anfing. »Komm, folge mir, und lege dich zu Bett. Was meintest du, das dir der Arzt gesagt hat? Wie dein Gesicht glüht! Wie du an allen Gliedern so zitterst! Was war es schon, das dir der Arzt gesagt hat?« Und damit zog sie die Marquise, ungläubig nunmehr an den ganzen Auftritt, den sie ihr erzählt hatte, mit sich fort. – Die Marquise sagte: »Liebe! Vortreffliche!« indem sie mit weinenden Augen lächelte. »Ich bin meiner Sinne mächtig. Der Arzt hat mir gesagt, daß ich in gesegneten Leibesumständen bin. Lassen Sie die Hebamme rufen: und sobald sie sagt, daß es nicht wahr ist, bin ich wieder ruhig.« »Gut, gut!« erwiderte die Obristin, die ihre Angst unterdrückte. »Sie soll gleich kommen; sie soll gleich, wenn du dich von ihr willst auslachen lassen, erscheinen, und dir sagen, daß du eine Träumerin, und nicht recht klug bist.« Und damit zog sie die Klingel, und schickte augenblicklich einen ihrer Leute, der die Hebamme rufe.

Die Marquise lag noch, mit unruhig sich hebender Brust, in den Armen ihrer Mutter, als diese Frau erschien, und die Obristin ihr, an welcher seltsamen Vorstellung ihre Tochter krank liege, eröffnete. Die Frau Marquise schwöre, daß sie sich tugendhaft verhalten habe, und gleichwohl halte sie, von einer unbegreiflichen Empfindung getäuscht, für nötig, daß eine sachverständige Frau ihren Zustand untersuche. Die Hebamme, während sie sich von demselben unterrichtete, sprach von jungem Blut und der Arglist der Welt; äußerte, als sie ihr Geschäft vollendet hatte, dergleichen Fälle wären ihr schon vorgekommen; die jungen Witwen, die in ihre Lage kämen, meinten alle auf wüsten Inseln gelebt zu haben; beruhigte inzwischen die Frau Marquise, und versicherte sie, daß sich der muntere Korsar, der zur Nachtzeit gelandet, schon finden würde. Bei diesen Worten fiel die Marquise in Ohnmacht. Die Obristin, die ihr mütterliches Gefühl nicht überwältigen konnte, brachte sie zwar, mit Hülfe der Hebamme, wieder ins Leben zurück. Doch die Entrüstung siegte, da sie erwacht war. »Julietta!« rief die Mutter mit dem lebhaftesten Schmerz. »Willst du dich mir entdecken, willst du den Vater mir nennen?« Und schien noch zur Versöhnung geneigt. Doch als die Marquise sagte, daß sie wahnsinnig werden würde, sprach die Mutter, indem sie sich vom Diwan erhob: »Geh! geh! du bist nichtswürdig! Verflucht sei die Stunde, da ich dich gebar!« und verließ das Zimmer.

Die Marquise, der das Tageslicht von neuem schwinden wollte, zog die Geburtshelferin vor sich nieder, und legte ihr Haupt heftig zitternd an ihre Brust; Sie fragte, mit gebrochener Stimme, wie denn die Natur auf ihren Wegen walte? Und ob die Möglichkeit einer unwissentlichen Empfängnis sei? – Die Hebamme lächelte, machte ihr das Tuch los, und sagte, das würde ja doch der Frau Marquise Fall nicht sein. »Nein, nein«, antwortete die Marquise, sie habe wissentlich empfangen, sie wolle nur im allgemeinen wissen, ob diese Erscheinung im Reiche der Natur sei? Die Hebamme versetzte, daß dies, außer der heiligen Jungfrau, noch keinem Weibe auf Erden zugestoßen wäre. Die Marquise zitterte immer heftiger. Sie glaubte, daß sie augenblicklich niederkommen würde, und bat die Geburtshelferin, indem sie sich mit krampfhafter Beängstigung an sie schloß, sie nicht zu verlassen. Die Hebamme beruhigte sie. Sie versicherte, daß das Wochenbett noch beträchtlich entfernt wäre, gab ihr auch die Mittel an, wie man, in solchen Fällen, dem Leumund der Welt ausweichen könne, und meinte, es würde noch alles gut werden. Doch da diese Trostgründe der unglücklichen Dame völlig wie Messerstiche durch die Brust fuhren, so sammelte sie sich, sagte, sie befände sich besser, und bat ihre Gesellschafterin sich zu entfernen.

Kaum war die Hebamme aus dem Zimmer, als ihr ein Schreiben von der Mutter gebracht ward, in welchem diese sich so ausließ: Herr von G… wünsche, unter den obwaltenden Umständen, daß sie sein Haus verlasse. Er sende ihr hierbei die über ihr Vermögen lautenden Papiere, und hoffe, daß ihm Gott den Jammer ersparen werde, sie wiederzusehen. – Der Brief war inzwischen von Tränen benetzt; und in einem Winkel stand ein verwischtes Wort: »diktiert.« – Der Marquise stürzte der Schmerz aus den Augen. Sie ging, heftig über den Irrtum ihrer Eltern weinend, und über die Ungerechtigkeit, zu welcher diese vortrefflichen Menschen verführt wurden, nach den Gemächern ihrer Mutter. Es hieß, sie sei bei ihrem Vater; sie wankte nach den Gemächern ihres Vaters. Sie sank, als sie die Türe verschlossen fand, mit jammernder Stimme, alle Heiligen zu Zeugen ihrer Unschuld anrufend, vor derselben nieder. Sie mochte wohl schon einige Minuten hier gelegen haben, als der Forstmeister daraus hervortrat, und zu ihr mit flammendem Gesicht sagte: sie höre, daß der Kommandant sie nicht sehen wolle. Die Marquise rief: »Mein liebster Bruder!« unter vielem Schluchzen drängte sich ins Zimmer, und rief: »Mein teuerster Vater!« und streckte die Arme nach ihm aus. Der Kommandant wandte ihr, bei ihrem Anblick, den Rücken zu, und eilte in sein Schlafgemach. Er rief, als sie ihn dahin verfolgte, »hinweg!« und wollte die Türe zuwerfen; doch da sie, unter Jammern und Flehen, daß er sie schließe, verhindert, so gab er plötzlich nach und eilte, während die Marquise zu ihm hineintrat, nach der hintern Wand. Sie warf sich ihm, der ihr den Rücken zugekehrt hatte, eben zu Füßen, und umfaßte zitternd seine Knie, als ein Pistol, das er ergriffen hatte, in dem Augenblick, da er es von der Wand herabriß, losging, und der Schuß schmetternd in die Decke fuhr. »Herr meines Lebens!« rief die Marquise, erhob sich leichenblaß von ihren Knien, und eilte aus seinen Gemächern wieder hinweg. »Man soll sogleich anspannen«, sagte sie, indem sie in die ihrigen trat; setzte sich, matt bis in den Tod, auf einen Sessel nieder, zog ihre Kinder eilfertig an, und ließ die Sachen einpacken. Sie hatte eben ihr Kleinstes zwischen den Knien, und schlug ihm noch ein Tuch um, um nunmehr, da alles zur Abreise bereit war, in den Wagen zu steigen: als der Forstmeister eintrat, und auf Befehl des Kommandanten die Zurücklassung und Überlieferung der Kinder von ihr forderte. »Dieser Kinder?« fragte sie; und stand auf. »Sag deinem unmenschlichen Vater, daß er kommen, und mich niederschießen, nicht aber mir meine Kinder entreißen könne!« Und hob, mit dem ganzen Stolz der Unschuld gerüstet, ihre Kinder auf, trug sie, ohne daß der Bruder gewagt hätte, sie anzuhalten, in den Wagen und fuhr ab.

Durch diese schöne Anstrengung mit sich selbst bekannt gemacht, hob sie sich plötzlich, wie an ihrer eigenen Hand, aus der ganzen Tiefe, in welche das Schicksal sie herabgestürzt hatte, empor. Der Aufruhr, der ihre Brust zerriß, legte sich, als sie im Freien war, sie küßte häufig die Kinder, diese ihre liebe Beute, und mit großer Selbstzufriedenheit gedachte sie, welch einen Sieg sie, durch die Kraft ihres schuldfreien Bewußtseins, über ihren Bruder davongetragen hatte. Ihr Verstand, stark genug, in ihrer sonderbaren Lage nicht zu reißen, gab sich ganz unter der großen, heiligen und unerklärlichen Einrichtung der Welt gefangen. Sie sah die Unmöglichkeit ein, ihre Familie von ihrer Unschuld zu überzeugen, begriff, daß sie sich darüber trösten müsse, falls sie nicht untergehen wolle, und wenige Tage nur waren nach ihrer Ankunft in V... verflossen, als der Schmerz ganz und gar dem heldenmütigen Vorsatz Platz machte, sich mit Stolz gegen die Anfälle der Welt zu rüsten. Sie beschloß, sich ganz in ihr Innerstes zurückzuziehen, sich, mit ausschließendem Eifer, der Erziehung ihrer beiden Kinder zu widmen, und des Geschenks, das ihr Gott mit dem dritten gemacht hatte, mit voller mütterlichen Liebe zu pflegen. Sie machte Anstalten, in wenig Wochen, sobald sie ihre Niederkunft überstanden haben würde, ihren schönen, aber durch die lange Abwesenheit ein wenig verfallenen Landsitz wiederherzustellen; saß in der Gartenlaube, und dachte, während sie kleine Mützen, und Strümpfe für kleine Beine strickte, wie sie die Zimmer bequem verteilen würde; auch, welches sie mit Büchern füllen, und in welchem die Staffelei am schicklichsten stehen würde. Und so war der Zeitpunkt, da der Graf F... von Neapel wiederkehren sollte, noch nicht abgelaufen, als sie schon völlig mit dem Schicksal, in ewig klösterlicher Eingezogenheit zu leben, vertraut war. Der Türsteher erhielt Befehl, keinen Menschen im Hause vorzulassen. Nur der Gedanke war ihr unerträglich, daß dem jungen

Wesen, das sie in der größten Unschuld und Reinheit empfangen hatte, und dessen Ursprung, eben weil er geheimnisvoller war, auch göttlicher zu sein schien, als der anderer Menschen, ein Schandfleck in der bürgerlichen Gesellschaft ankleben sollte. Ein sonderbares Mittel war ihr eingefallen, den Vater zu entdecken: ein Mittel, bei dem sie, als sie es zuerst dachte, das Strickzeug selbst vor Schrecken aus der Hand fallen ließ. Durch ganze Nächte, in unruhiger Schlaflosigkeit durchwacht, ward es gedreht und gewendet, um sich an seine ihr innerstes Gefühl verletzende, Natur zu gewöhnen. Immer noch sträubte sie sich, mit dem Menschen, der sie so hintergangen hatte, in irgendein Verhältnis zu treten: indem sie sehr richtig schloß, daß derselbe doch, ohne alle Rettung, zum Auswurf seiner Gattung gehören müsse, und, auf welchem Platz der Welt man ihn auch denken wolle, nur aus dem zertretensten und unflätigsten Schlamm derselben, hervorgegangen sein könne. Doch da das Gefühl ihrer Selbstständigkeit immer lebhafter in ihr ward, und sie bedachte, daß der Stein seinen Wert behält, er mag auch eingefaßt sein, wie man wolle, so griff sie eines Morgens, da sich das junge Leben wieder in ihr regte, ein Herz, und ließ jene sonderbare Aufforderung in die Intelligenzblätter von M... rücken, die man am Eingang dieser Erzählung gelesen hat.

Der Graf F..., den unvermeidliche Geschäfte in Neapel aufhielten, hatte inzwischen zum zweitenmal an die Marquise geschrieben, und sie aufgefordert, es möchten fremde Umstände eintreten, welche da wollten, ihrer, ihm gegebenen, stillschweigenden Erklärung getreu zu bleiben. Sobald es ihm geglückt war, seine fernere Geschäftsreise nach Konstantinopel abzulehnen, und es seine übrigen Verhältnisse gestatteten, ging er augenblicklich von Neapel ab, und kam auch richtig, nur wenige Tage nach der von ihm bestimmten Frist, in M... an. Der Kommandant empfing ihn mit einem verlegenen Gesicht, sagte, daß ein notwendiges Geschäft ihn aus dem Hause nötige, und forderte den Forstmeister auf, ihn inzwischen zu unterhalten. Der Forstmeister zog ihn auf sein Zimmer, und fragte ihn, nach einer kurzen Begrüßung, ob er schon wisse, was sich während seiner Abwesenheit in dem Hause des Kommandanten zugetragen habe. Der Graf antwortete, mit einer flüchtigen Blässe: »Nein.« Hierauf unterrichtete ihn der Forstmeister von der Schande, die die Marquise über die Familie gebracht hatte, und gab ihm die Geschichtserzählung dessen, was unsre Leser soeben erfahren haben. Der Graf schlug sich mit der Hand vor die Stirn. »Warum legte man mir so viele Hindernisse in den Weg!« rief er in der Vergessenheit seiner. »Wenn die Vermählung erfolgt wäre: so wäre alle Schmach und jedes Unglück uns erspart!« Der Forstmeister fragte, indem er ihn anglotzte, ob er rasend genug wäre, zu wünschen, mit dieser Nichtswürdigen vermählt zu sein? Der Graf erwiderte, daß sie mehr wert wäre, als die ganze Welt, die sie verachtete; daß ihre Erklärung über ihre Unschuld vollkommnen Glauben bei ihm fände; und daß er noch heute nach V...

gehen, und seinen Antrag bei ihr wiederholen würde. Er ergriff auch sogleich seinen Hut, empfahl sich dem Forstmeister, der ihn für seiner Sinne völlig beraubt hielt, und ging ab.

Er bestieg ein Pferd und sprengte nach V... hinaus. Als er am Tore abgestiegen war, und in den Vorplatz treten wollte, sagte ihm der Türsteher, daß die Frau Marquise keinen Menschen spräche. Der Graf fragte, ob diese, für Fremde getroffene, Maßregel auch einem Freund des Hauses gälte; worauf jener antwortete, daß er von keiner Ausnahme wisse, und bald darauf, auf eine zweideutige Art hinzusetzte: ob er vielleicht der Graf F... wäre? Der Graf erwiderte, nach einem forschenden Blick, nein; und äußerte, zu seinem Bedienten gewandt, doch so, daß jener es hören konnte, er werde, unter solchen Umständen, in einem Gasthofe absteigen, und sich bei der Frau Marquise schriftlich anmelden. Sobald er inzwischen dem Türsteher aus den Augen war, bog er um eine Ecke, und umschlich die Mauer eines weitläufigen Gartens, der sich hinter dem Hause ausbreitete. Er trat durch eine Pforte, die er offen fand, in den Garten, durchstrich die Gänge desselben, und wollte eben die hintere Rampe hinaufsteigen, als er, in einer Laube, die zur Seite lag, die Marquise, in ihrer lieblichen und geheimnisvollen Gestalt, an einem kleinen Tischchen emsig arbeiten sah. Er näherte sich ihr so, daß sie ihn nicht früher erblicken konnte, als bis er am Eingang der Laube, drei kleine Schritte von ihren Füßen, stand. »Der Graf F...!« sagte die Marquise, als sie die Augen aufschlug, und die Röte der Überraschung überflog ihr Gesicht. Der Graf lächelte, blieb noch eine Zeitlang, ohne sich im Eingang zu rühren, stehen; setzte sich dann, mit so bescheidener Zudringlichkeit, als sie nicht zu erschrecken nötig war, neben ihr nieder, und schlug, ehe sie noch, in ihrer sonderbaren Lage, einen Entschluß gefaßt hatte, seinen Arm sanft um ihren lieben Leib. »Von wo, Herr Graf, ist es möglich«, fragte die Marquise – und sah schüchtern vor sich auf die Erde nieder. Der Graf sagte: »Von M...«, und drückte sie ganz leise an sich; »durch eine hintere Pforte, die ich offen fand. Ich glaubte auf Ihre Verzeihung rechnen zu dürfen, und trat ein.« »Hat man Ihnen denn in M... nicht gesagt –?« – fragte sie, und rührte noch kein Glied in seinen Armen; »Alles, geliebte Frau«, versetzte der Graf; »doch von Ihrer Unschuld völlig überzeugt –« »Wie!« rief die Marquise, indem sie aufstand, und sich loswickelte; »und Sie kommen gleichwohl?« – »Der Welt zum Trotz«, fuhr er fort, indem er sie festhielt, »und Ihrer Familie zum Trotz, und dieser lieblichen Erscheinung sogar zum Trotz«; wobei er einen glühenden Kuß auf ihre Brust drückte. – »Hinweg!« rief die Marquise – »So überzeugt«, sagte er, »Julietta, als ob ich allwissend wäre, als ob meine Seele in deiner Brust wohnte –« Die Marquise rief: »Lassen Sie mich!« »Ich komme«, schloß er – und ließ sie nicht – »meinen Antrag zu wiederholen, und das Los der Seligen, wenn Sie mich erhören wollen, von Ihrer Hand zu empfangen.« »Lassen Sie mich augenblicklich!« rief die Marquise; »ich befehl's Ihnen!« riß sich gewaltsam aus seinen Armen, und entfloh. »Geliebte! Vortreffliche!« flüsterte er, indem er wieder aufstand, und ihr folgte. – »Sie hören!« rief die Marquise, und wandte sich, und wich ihm aus. »Ein einziges, heimliches Geflüstertes –!« sagte der Graf, und griff hastig nach ihrem glatten, ihm entschlüpfenden Arm. – »Ich will nichts wissen«, versetzte die Marquise, stieß ihn heftig vor die Brust zurück, eilte auf die Rampe, und verschwand.

Er war schon halb auf die Rampe gekommen, um sich, es koste, was es wolle, bei ihr Gehör zu verschaffen, als die Tür vor ihm zuflog, und der Riegel heftig, mit verstörter Beeiferung, vor seinen Schritten zurasselte. Unschlüssig, einen Augenblick, was unter solchen Umständen zu tun sei, stand er, und überlegte, ob er durch ein, zur Seite offenstehendes Fenster einsteigen, und seinen Zweck, bis er ihn erreicht, verfolgen solle; doch so schwer es ihm auch in jedem Sinne war, umzukehren, diesmal schien es die Notwendigkeit zu erfordern, und grimmig erbittert über sich, daß er sie aus seinen Armen gelassen hatte, schlich er die Rampe hinab, und verließ den Garten, um seine Pferde aufzusuchen. Er fühlte, daß der Versuch, sich an ihrem Busen zu erklären, für immer fehlgeschlagen sei, und ritt schrittweis, indem er einen Brief überlegte, den er jetzt zu schreiben verdammt war, nach M... zurück. Abends, da er sich, in der übelsten Laune von der Welt, bei einer öffentlichen Tafel eingefunden hatte, traf er den Forstmeister an, der ihn auch sogleich befragte, ob er seinen Antrag in V... glücklich angebracht habe? Der Graf antwortete kurz: »Nein!« und war sehr gestimmt, ihn mit einer bitteren Wendung abzufertigen; doch um der Höflichkeit ein Genüge zu tun, setzte er nach einer Weile hinzu: er habe sich entschlossen, sich schriftlich an sie zu wenden, und werde damit in kurzem ins Reine sein. Der Forstmeister sagte: er sehe mit Bedauern, daß seine Leidenschaft für die Marquise ihn seiner Sinne beraube. Er müsse ihm inzwischen versichern, daß sie bereits auf dem Wege sei, eine andere Wahl zu treffen; klingelte nach den neuesten Zeitungen, und gab ihm das Blatt, in welchem die Aufforderung derselben an den Vater ihres Kindes eingerückt war. Der Graf durchlief, indem ihm das Blut ins Gesicht schoß, die Schrift. Ein Wechsel von Gefühlen durchkreuzte ihn. Der Forstmeister fragte, ob er nicht glaube, daß die Person, die die Frau Marquise suche, sich finden werde?– »Unzweifelhaft!« versetzte der Graf, indessen er mit ganzer Seele über dem Papier lag, und den Sinn desselben gierig verschlang. Darauf, nachdem er einen Augenblick, während er das Blatt zusammenlegte, an das Fenster getreten war, sagte er: »Nun ist es gut! nun weiß ich, was ich zu tun habe!« kehrte sich sodann um; und fragte den Forstmeister noch, auf eine verbindliche Art, ob man ihn bald wiedersehen werde; empfahl sich ihm, und ging, völlig ausgesöhnt mit seinem Schicksal, fort. –

Inzwischen waren in dem Hause des Kommandanten die lebhaftesten Auftritte vorgefallen. Die Obristin war über die zerstörende Heftigkeit ihres

Gatten und über die Schwäche, mit welcher sie sich, bei der tyrannischen Verstoßung der Tochter, von ihm hatte unterjochen lassen, äußerst erbittert. Sie war, als der Schuß in des Kommandanten Schlafgemach fiel, und die Tochter aus demselben hervorstürzte, in eine Ohnmacht gesunken, aus der sie sich zwar bald wieder erholte; doch der Kommandant hatte, in dem Augenblick ihres Erwachens, weiter nichts gesagt, als, es täte ihm leid, daß sie diesen Schrecken umsonst gehabt, und das abgeschossene Pistol auf einen Tisch geworfen. Nachher, da von der Abforderung der Kinder die Rede war, wagte sie schüchtern, zu erklären, daß man zu einem solchen Schritt kein Recht habe; sie bat mit einer, durch die gehabte Anwandlung, schwachen und rührenden Stimme, heftige Auftritte im Hause zu vermeiden; doch der Kommandant erwiderte weiter nichts, als, indem er sich zum Forstmeister wandte, vor Wut schäumend: »Geh! und schaff sie mir!« Als der zweite Brief des Grafen F... ankam, hatte der Kommandant befohlen, daß er nach V... zur Marquise herausgeschickt werden solle, welche ihn, wie man nachher durch den Boten erfuhr, beiseite gelegt, und gesagt hatte, es wäre gut. Die Obristin, der in der ganzen Begebenheit so vieles, und besonders die Geneigtheit der Marquise, eine neue, ihr ganz gleichgültige Vermählung einzugehen, dunkel war, suchte vergebens, diesen Umstand zur Sprache zu bringen. Der Kommandant bat immer, auf eine Art, die einem Befehle gleichsah, zu schweigen; versicherte, indem er einst, bei einer solchen Gelegenheit, ein Portrait herabnahm, das noch von ihr an der Wand hing, daß er sein Gedächtnis ihrer ganz zu vertilgen wünsche; und meinte, er hätte, keine Tochter mehr. Drauf erschien der sonderbare Aufruf der Marquise in den Zeitungen. Die Obristin, die auf das lebhafteste darüber betroffen war, ging mit dem Zeitungsblatt, das sie von dem Kommandanten erhalten hatte, in sein Zimmer, wo sie ihn an einem Tisch arbeitend fand, und fragte ihn, was er in aller Welt davon halte? Der Kommandant sagte, indem er fortschrieb: »Oh! sie ist unschuldig.« »Wie!« rief Frau von G..., mit dem alleräußersten Erstaunen: »unschuldig?« »Sie hat es im Schlaf getan«, sagte der Kommandant, ohne aufzusehen. »Im Schlafe!« versetzte Frau von G... »Und ein so ungeheurer Vorfall wäre –?« »Die Närrin!« rief der Kommandant, schob die Papiere übereinander, und ging weg.

Am nächsten Zeitungstage las die Obristin, da beide beim Frühstück saßen, in einem Intelligenzblatt, das eben ganz feucht von der Presse kam, folgende Antwort:

»Wenn die Frau Marquise von O... sich, am Dritten ... 11 Uhr morgens, im Hause des Herrn von G..., ihres Vaters, einfinden will: so wird sich derjenige, den sie sucht, ihr daselbst zu Füßen werfen.« – Der Obristin verging, ehe sie noch auf die Hälfte dieses unerhörten Artikels gekommen war, die Sprache; sie überflog das Ende, und reichte das Blatt dem Kommandanten dar. Der Obrist durchlas das Blatt dreimal, als ob er seinen eignen Augen nicht traute. »Nun sage mir, um des Himmels willen, Lorenzo«, rief die Obristin, »was hältst du davon?« »O die Schändliche!« versetzte der Kommandant, und stand auf: »o die verschmitzte Heuchlerin! Zehnmal die Schamlosigkeit einer Hündin, mit zehnfacher List des Fuchses gepaart, reichen noch an die ihrige nicht! Solch eine Miene! Zwei solche Augen! Ein Cherub hat sie nicht treuer!« – und jammerte und konnte sich nicht beruhigen. »Aber was in aller Welt«, fragte die Obristin, »wenn es eine List ist, kann sie damit bezwecken?« – »Was sie damit bezweckt? Ihre nichtswürdige Betrügerei, mit Gewalt will sie sie durchsetzen«, erwiderte der Obrist. »Auswendig gelernt ist sie schon, die Fabel, die sie uns beide, sie und er, am Dritten 11 Uhr morgens hier aufbürden wollen. ›Mein liebes Töchterchen‹, soll ich sagen, ›das wußte ich nicht, wer konnte das denken, vergib mir, nimm meinen Segen, und sei wieder gut.‹ Aber die Kugel dem, der am Dritten morgens über meine Schwelle tritt! Es müßte denn schicklicher sein, ihn mir durch Bedienten aus dem Hause zu schaffen.« – Frau von G… sagte, nach einer nochmaligen Überlesung des Zeitungsblattes, daß wenn sie, von zwei unbegreiflichen Dingen, einem Glauben beimessen solle, sie lieber an ein unerhörtes Spiel des Schicksals, als an diese Niederträchtigkeit ihrer sonst so vortrefflichen Tochter glauben wolle. Doch ehe sie noch vollendet hatte, rief der Kommandant schon: »Tu mir den Gefallen und schweig!« und verließ das Zimmer. »Es ist mir verhaßt, wenn ich nur davon höre.«

Wenige Tage nachher erhielt der Kommandant, in Beziehung auf diesen Zeitungsartikel, einen Brief von der Marquise, in welchem sie ihn, da ihr die Gnade versagt wäre, in seinem Hause erscheinen zu dürfen, auf eine ehrfurchtsvolle und rührende Art bat, denjenigen, der sich am Dritten morgens bei ihm zeigen würde, gefälligst zu ihr nach V... hinauszuschicken. Die Obristin war gerade gegenwärtig, als der Kommandant diesen Brief empfing; und da sie auf seinem Gesicht deutlich bemerkte, daß er in seiner Empfindung irregeworden war: denn welch ein Motiv jetzt, falls es eine Betrügerei war, sollte er ihr unterlegen, da sie auf seine Verzeihung gar keine Ansprüche zu machen schien? so rückte sie, dadurch dreist gemacht, mit einem Plan hervor, den sie schon lange, in ihrer von Zweifeln bewegten Brust, mit sich herumgetragen hatte. Sie sagte, während der Obrist noch, mit einer nichtssagenden Miene, in das Papier hineinsah: sie habe einen Einfall. Ob er ihr erlauben wolle, auf einen oder zwei Tage, nach V... hinauszufahren? Sie werde die Marquise, falls sie wirklich denjenigen, der ihr durch die Zeitungen, als ein Unbekannter, geantwortet, schon kenne, in eine Lage zu versetzen wissen, in welcher sich ihre Seele verraten müßte, und wenn sie die abgefeimteste Verräterin wäre. Der Kommandant erwiderte, indem er, mit einer plötzlich heftigen Bewegung, den Brief zerriß: sie wisse, daß er mit ihr nichts zu schaffen haben wolle, und er verbiete ihr, in irgendeine Gemeinschaft mit ihr zu treten. Er siegelte die zerrissenen Stücke ein, schrieb eine Adresse an die

Marquise, und gab sie dem Boten, als Antwort, zurück. Die Obristin, durch diesen hartnäckigen Eigensinn, der alle Möglichkeit der Aufklärung vernichtete, heimlich erbittert, beschloß ihren Plan jetzt, gegen seinen Willen, auszuführen. Sie nahm einen von den Jägern des Kommandanten, und fuhr am nächstfolgenden Morgen, da ihr Gemahl noch im Bette lag, mit demselben nach V... hinaus. Als sie am Tore des Landsitzes angekommen war, sagte ihr der Türsteher, daß niemand bei der Frau Marquise vorgelassen würde. Frau von G... antwortete, daß sie von dieser Maßregel unterrichtet wäre, daß er aber gleichwohl nur gehen, und die Obristin von G... bei ihr anmelden möchte. Worauf dieser versetzte, daß dies zu nichts helfen würde, indem die Frau Marquise keinen Menschen auf der Welt spräche. Frau von G... antwortete, daß sie von ihr gesprochen werden würde, indem sie ihre Mutter wäre, und daß er nur nicht länger säumen, und sein Geschäft verrichten möchte. Kaum aber war noch der Türsteher zu diesem, wie er meinte, gleichwohl vergeblichen Versuche ins Haus gegangen, als man schon die Marquise daraus hervortreten, nach dem Tore eilen, und sich auf Knien vor dem Wagen der Obristin niederstürzen sah. Frau von G... stieg, von ihrem Jäger unterstützt, aus, und hob die Marquise, nicht ohne einige Bewegung, vom Boden auf. Die Marquise drückte sich, von Gefühlen überwältigt, tief auf ihre Hand hinab, und führte sie, indem ihr die Tränen häufig flossen, ehrfurchtsvoll in die Zimmer ihres Hauses. »Meine teuerste Mutter!«

rief sie, nachdem sie ihr den Diwan angewiesen hatte, und noch vor ihr stehen blieb, und sich die Augen trocknete: »Welch ein glücklicher Zufall ist es, dem ich Ihre, mir unschätzbare Erscheinung verdanke?« Frau von G... sagte, indem sie ihre Tochter vertraulich faßte, sie müsse ihr nur sagen, daß sie komme, sie wegen der Härte, mit welcher sie aus dem väterlichen Hause verstoßen worden sei, um Verzeihung zu bitten. »Verzeihung!« fiel ihr die Marquise ins Wort, und wollte ihre Hände küssen. Doch diese, indem sie den Handkuß vermied, fuhr fort: »Denn nicht nur, daß die, in den letzten öffentlichen Blättern eingerückte, Antwort auf die bewußte Bekanntmachung, mir sowohl als dem Vater, die Überzeugung von deiner Unschuld gegeben hat; so muß ich dir auch eröffnen, daß er sich selbst schon, zu unserm großen und freudigen Erstaunen, gestern im Hause gezeigt hat.« »Wer hat sich –?« fragte die Marquise, und setzte sich bei ihrer Mutter nieder; »– welcher er selbst hat sich gezeigt–?« und Erwartung spannte jede ihrer Mienen. »Er«, erwiderte Frau von G..., »der Verfasser jener Antwort, er persönlich selbst, an welchen dein Aufruf gerichtet war.« – »Nun denn«, sagte die Marquise, mit unruhig arbeitender Brust: »Wer ist es?« Und noch einmal: »Wer ist es?« – »Das«, erwiderte Frau von G..., »möchte ich dich erraten lassen. Denn denke, daß sich gestern, da wir beim Tee sitzen, und eben das sonderbare Zeitungsblatt lesen, ein Mensch, von unsrer genauesten Bekanntschaft, mit Gebärden der Verzweiflung ins Zimmer stürzt, und deinem Vater, und bald darauf auch mir, zu Füßen fällt. Wir, unwissend, was wir davon denken sollen, fordern ihn auf, zu reden. Darauf spricht er: sein Gewissen lasse ihm keine Ruhe; er sei der Schändliche, der die Frau Marquise betrogen, er müsse wissen, wie man sein Verbrechen beurteile, und wenn Rache über ihn verhängt werden solle, so komme er, sich ihr selbst darzubieten.« »Aber wer? wer? wer?« versetzte die Marquise. »Wie gesagt«, fuhr Frau von G... fort, »ein junger, sonst wohlerzogener Mensch, dem wir eine solche Nichtswürdigkeit niemals zugetraut hätten. Doch erschrecken wirst du nicht, meine Tochter, wenn du erfährst, daß er von niedrigem Stande, und von allen Forderungen, die man sonst an deinen Gemahl machen dürfte, entblößt ist.« »Gleichviel, meine vortreffliche Mutter«, sagte die Marquise, »er kann nicht ganz unwürdig sein, da er sich Ihnen früher als mir, zu Füßen geworfen hat. Aber, wer? wer? Sagen Sie mir nur: wer?« »Nun denn«, versetzte die Mutter, »es ist Leopardo, der Jäger, den sich der Vater jüngst aus Tirol verschrieb, und den ich, wenn du ihn wahrnahmst, schon mitgebracht habe, um ihn dir als Bräutigam vorzustellen.« »Leopardo, der Jäger!« rief die Marquise, und drückte ihre Hand, mit dem Ausdruck der Verzweiflung, vor die Stirn. »Was erschreckt dich?« fragte die Obristin. »Hast du Gründe, daran zu zweifeln?« – »Wie? Wo? Wann?« fragte die Marquise verwirrt. »Das«, antwortete jene, »will er nur dir anvertrauen. Scham und Liebe, meinte er, machten es ihm unmöglich, sich einer anderen hierüber zu erklären, als dir. Doch wenn du willst, so öffnen wir das Vorzimmer, wo er, mit klopfendem Herzen, auf den Ausgang wartet; und du magst sehen, ob du ihm sein Geheimnis, indessen ich abtrete, entlockst.« – »Gott, mein Vater!« rief die Marquise; »ich war einst in der Mittagshitze eingeschlummert, und sah ihn von meinem Diwan gehen, als ich erwachte!« – Und damit legte sie ihre kleinen Hände vor ihr in Scham erglühendes Gesicht. Bei diesen Worten sank die Mutter auf Knien vor ihr nieder. »O meine Tochter!« rief sie; »o du Vortreffliche!« und schlug die Arme um sie. »Und o ich Nichtswürdige!« und verbarg das Antlitz in ihren Schoß. Die Marquise fragte bestürzt: »Was ist Ihnen, meine Mutter?« »Denn begreife«, fuhr diese fort, »o du Reinere als Engel sind, daß von allem, was ich dir sagte, nichts wahr ist; daß meine verderbte Seele an solche Unschuld nicht, als von der du umstrahlt bist, glauben konnte, und daß ich dieser schändlichen List erst bedurfte, um mich davon zu überzeugen.« »Meine teuerste Mutter«, rief die Marquise, und neigte sich voll froher Rührung zu ihr herab, und wollte sie auf heben. Jene versetzte darauf: »Nein, eher nicht von deinen Füßen weich ich, bis du mir sagst, ob du mir die Niedrigkeit meines Verhaltens, du Herrliche, Überirdische, verzeihen kannst.« »Ich Ihnen verzeihen, meine Mutter! Stehen Sie auf«, rief die Marquise, »ich beschwöre Sie –« »Du hörst«, sagte Frau von G…, »ich will wissen, ob du mich noch lieben, und so aufrichtig verehren kannst, als sonst?« »Meine angebetete Mutter!« rief die Marquise, und legte sich gleichfalls auf Knien vor ihr nieder;

»Ehrfurcht und Liebe sind nie aus meinem Herzen gewichen. Wer konnte mir, unter so unerhörten Umständen, Vertrauen schenken? Wie glücklich bin ich, daß Sie von meiner Unsträflichkeit überzeugt sind!« »Nun denn«, versetzte Frau von G..., indem sie, von ihrer Tochter unterstützt, aufstand: »so will ich dich auf Händen tragen, mein liebstes Kind. Du sollst bei mir dein Wochenlager halten; und wären die Verhältnisse so, daß ich einen jungen Fürsten von dir erwartete, mit größerer Zärtlichkeit nicht und Würdigkeit könnt ich dein pflegen. Die Tage meines Lebens nicht mehr von deiner Seite weich ich. Ich biete der ganzen Welt Trotz; ich will keine andre Ehre mehr, als deine Schande: wenn du mir nur wieder gut wirst, und der Härte nicht, mit welcher ich dich verstieß, mehr gedenkst.« Die Marquise suchte sie mit Liebkosungen und Beschwörungen ohne Ende zu trösten; doch der Abend kam heran, und Mitternacht schlug, ehe es ihr gelang. Am folgenden Tage, da sich der Affekt der alten Dame, der ihr während der Nacht eine Fieberhitze zugezogen hatte, ein wenig gelegt hatte, fuhren Mutter und Tochter und Enkel, wie im Triumph, wieder nach M... zurück. Sie waren äußerst vergnügt auf der Reise, scherzten über Leopardo, den Jäger, der vorn auf dem Bock saß; und die Mutter sagte zur Marquise, sie bemerke, daß sie rot würde, sooft sie seinen breiten Rücken ansähe. Die Marquise antwortete, mit einer Regung, die halb ein Seufzer, halb ein Lächeln war: »Wer weiß, wer zuletzt noch am Dritten 11 Uhr morgens bei uns erscheint!« – Drauf, je mehr man sich M... näherte, je ernsthafter stimmten sich wieder die Gemüter, in der Vorahndung entscheidender Auftritte, die ihnen noch bevorstanden. Frau von G..., die sich von ihren Plänen nichts merken ließ, führte ihre Tochter, da sie vor dem Hause ausgestiegen waren, wieder in ihre alten Zimmer ein; sagte, sie möchte es sich nur bequem machen, sie würde gleich wieder bei ihr sein, und schlüpfte ab. Nach einer Stunde kam sie mit einem ganz erhitzten Gesicht wieder. »Nein, solch ein Thomas!« sprach sie mit heimlich vergnügter Seele; »solch ein ungläubiger Thomas! Hab ich nicht eine Seigerstunde gebraucht, ihn zu überzeugen. Aber nun sitzt er, und weint.« »Wer?« fragte die Marquise. »Er«, antwortete die Mutter. »Wer sonst, als wer die größte Ursache dazu hat.« »Der Vater doch nicht?« rief die Marquise. »Wie ein Kind«, erwiderte die Mutter; »daß ich, wenn ich mir nicht selbst hätte die Tränen aus den Augen wischen müssen, gelacht hätte, so wie ich nur aus der Türe heraus war.« »Und das wegen meiner?« fragte die Marquise, und stand auf; »und ich sollte hier –?« »Nicht von der Stelle!« sagte Frau von G... »Warum diktierte er mir den Brief. Hier sucht er dich auf, wenn er mich, solange ich lebe, wiederfinden will.« »Meine teuerste Mutter«, flehte die Marquise – »Unerbittlich!« fiel ihr die Obristin ins Wort. »Warum griff er nach der Pistole.« – »Aber ich beschwöre Sie –« »Du sollst nicht«, versetzte Frau von G..., indem sie die Tochter wieder auf ihren Sessel niederdrückte. »Und wenn er nicht heut vor Abend noch kommt, zieh ich morgen mit dir weiter.« Die Marquise nannte dies Verfahren hart und ungerecht. Doch die Mutter erwiderte: »Beruhige dich –« denn eben hörte sie jemand von weitem heranschluchzen: »Er kömmt schon!« »Wo?« fragte die Marquise, und horchte. »Ist wer hier draußen vor der Tür; dies heftige –?« »Allerdings«, versetzte Frau von G... »Er will, daß wir ihm die Türe öffnen.« »Lassen Sie mich!« rief die Marquise, und riß sich vom Stuhl empor. Doch: »Wenn du mir gut bist, Julietta«, versetzte die Obristin, »so bleib«; und in dem Augenblick trat auch der Kommandant schon, das Tuch vor das Gesicht haltend, ein. Die Mutter stellte sich breit vor ihre Tochter, und kehrte ihm den Rükken zu. »Mein teuerster Vater!« rief die Marquise, und streckte ihre Arme nach ihm aus. »Nicht von der Stelle«, sagte Frau von G..., »du hörst!« Der Kommandant stand in der Stube und weinte. »Er soll dir abbitten«, fuhr Frau von G... fort. »Warum ist er so heftig! Und warum ist er so hartnäckig! Ich liebe ihn, aber dich auch; ich ehre ihn, aber dich auch. Und muß ich eine Wahl treffen, so bist du vortrefflicher, als er, und ich bleibe bei dir.« Der Kommandant beugte sich ganz krumm, und heulte, daß die Wände erschallten. »Aber mein Gott!« rief die Marquise, gab der Mutter plötzlich nach, und nahm ihr Tuch, ihre eigenen Tränen fließen zu lassen. Frau von G... sagte: »– Er kann nur nicht sprechen!« und wich ein wenig zur Seite aus. Hierauf erhob sich die Marquise, umarmte den Kommandanten, und bat ihn, sich zu beruhigen. Sie weinte selbst heftig. Sie fragte ihn, ob er sich nicht setzen wolle? sie wollte ihn auf einen Sessel niederziehen; sie schob ihm einen Sessel hin, damit er sich darauf setze: doch er antwortete nicht; er war nicht von der Stelle zu bringen; er setzte sich auch nicht, und stand bloß, das Gesicht tief zur Erde gebeugt, und weinte. Die Marquise sagte, indem sie ihn aufrecht hielt, halb zur Mutter gewandt: er werde krank werden; die Mutter selbst schien, da er sich ganz konvulsivisch gebärdete, ihre Standhaftigkeit verlieren zu wollen. Doch da der Kommandant sich endlich, auf die wiederholten Anforderungen der Tochter, niedergesetzt hatte, und diese ihm, mit unendlichen Liebkosungen, zu Füßen gesunken war: so nahm sie wieder das Wort: sagte, es geschehe ihm ganz recht, er werde nun wohl zur Vernunft kommen, entfernte sich aus dem Zimmer, und ließ sie allein.

Sobald sie draußen war, wischte sie sich selbst die Tränen ab, dachte, ob ihm die heftige Erschütterung, in welche sie ihn versetzt hatte, nicht doch gefährlich sein könnte, und ob es wohl ratsam sei, einen Arzt rufen zu lassen? Sie kochte ihm für den Abend alles, was sie nur Stärkendes und Beruhigendes aufzutreiben wußte, in der Küche zusammen, bereitete und wärmte ihm das Bett, um ihn sogleich hineinzulegen, sobald er nur, an der Hand der Tochter, erscheinen würde, und schlich, da er immer noch nicht kam, und schon die Abendtafel gedeckt war, dem Zimmer der Marquise zu, um doch zu hören, was sich zutrage? Sie vernahm, da sie mit sanft an die Tür gelegtem Ohr horchte, ein leises, eben verhallendes Gelispel, das, wie es ihr schien, von der Marquise kam; und, wie sie durchs Schlüsselloch bemerkte, saß sie auch auf des Kommandanten Schoß, was er sonst in seinem Leben nicht zugegeben hatte. Drauf endlich öffnete sie die Tür, und sah nun – und das Herz quoll ihr vor Freuden empor: die Tochter still, mit zurückgebeugtem Nacken, die Augen fest geschlossen, in des Vaters Armen liegen; indessen dieser, auf dem Lehnstuhl sitzend, lange, heiße und lechzende Küsse, das große Auge voll glänzender Tränen, auf ihren Mund drückte: gerade wie ein Verliebter! Die Tochter sprach nicht, er sprach nicht; mit über sie gebeugtem Antlitz saß er, wie über das Mädchen seiner ersten Liebe, und legte ihr den Mund zurecht, und küßte sie. Die Mutter fühlte sich, wie eine Selige; ungesehen, wie sie hinter seinem Stuhle stand, säumte sie, die Lust der himmelfrohen Versöhnung, die ihrem Hause wieder geworden war, zu stören. Sie nahte sich dem Vater endlich, und sah ihn, da er eben wieder mit Fingern und Lippen in unsäglicher Lust über den Mund seiner Tochter beschäftigt war, sich um den Stuhl herumbeugend, von der Seite an. Der Kommandant schlug, bei ihrem Anblick, das Gesicht schon wieder ganz kraus nieder, und wollte etwas sagen; doch sie rief: »O was für ein Gesicht ist das!« küßte es jetzt auch ihrerseits in Ordnung, und machte der Rührung durch Scherzen ein Ende. Sie lud und führte beide, die wie Brautleute gingen, zur Abendtafel, an welcher der Kommandant zwar sehr heiter war, aber noch von Zeit zu Zeit schluchzte, wenig aß und sprach, auf den

Teller niedersah, und mit der Hand seiner Tochter spielte.

Nun galt es, beim Anbruch des nächsten Tages, die Frage: wer nur, in aller Welt, morgen um 11 Uhr sich zeigen würde; denn morgen war der gefürchtete Dritte. Vater und Mutter, und auch der Bruder, der sich mit seiner Versöhnung eingefunden hatte, stimmten unbedingt, falls die Person nur von einiger Erträglichkeit sein würde, für Vermählung; alles, was nur immer möglich war, sollte geschehen, um die Lage der Marquise glücklich zu machen. Sollten die Verhältnisse derselben jedoch so beschaffen sein, daß sie selbst dann, wenn man ihnen durch Begünstigungen zu Hülfe käme, zu weit hinter den Verhältnissen der Marquise zurückblieben, so widersetzten sich die Eltern der Heirat; sie beschlossen, die Marquise nach wie vor bei sich zu behalten, und das Kind zu adoptieren Die Marquise hingegen schien willens, in jedem Falle, wenn die Person nur nicht ruchlos wäre, ihr gegebenes Wort in Erfüllung zu bringen, und dem Kinde, es koste was es wolle, einen Vater zu verschaffen. Am Abend fragte die Mutter, wie es denn mit dem Empfang der Person gehalten werden solle? Der Kommandant meinte, daß es am schicklichsten sein würde, wenn man die Marquise um 11 Uhr allein ließe. Die Marquise hingegen bestand darauf, daß beide Eltern, und auch der Bruder, gegenwärtig sein möchten, indem sie keine Art des Geheimnisses mit dieser Person zu teilen haben wolle. Auch meinte sie, daß dieser Wunsch sogar in der Antwort derselben, dadurch, daß sie das Haus des Kommandanten zur Zusammenkunft vorgeschlagen, ausgedrückt scheine; ein Umstand, um dessentwillen ihr gerade diese Antwort, wie sie frei gestehen müsse, sehr gefallen habe. Die Mutter bemerkte die Unschicklichkeit der Rollen, die der Vater und der Bruder dabei zu spielen haben würden, bat die Tochter, die Entfernung der Männer zuzulassen, wogegen sie in ihren Wunsch willigen, und bei dem Empfang der Person gegenwärtig sein wolle. Nach einer kurzen Besinnung der Tochter ward dieser letzte Vorschlag endlich angenommen. Drauf nun erschien, nach einer, unter den gespanntesten Erwartungen zugebrachten, Nacht der Morgen des gefürchteten Dritten. Als die Glocke elf Uhr schlug, saßen beide Frauen, festlich, wie zur Verlobung angekleidet, im Besuchzimmer; das Herz klopfte ihnen, daß man es gehört haben würde, wenn das Geräusch des Tages geschwiegen hätte. Der eilfte Glockenschlag summte noch, als Leopardo, der Jäger, eintrat, den der Vater aus Tirol verschrieben hatte. Die Weiber erblaßten bei diesem Anblick. »Der Graf F...«, sprach er, »ist vorgefahren, und läßt sich anmelden.« »Der Graf F...!« riefen beide zugleich, von einer Art der Bestürzung in die andre geworfen. Die Marquise rief: »Verschließt die Türen! Wir sind für ihn nicht zu Hause«; stand auf, das Zimmer gleich selbst zu verriegeln, und wollte eben den Jäger, der ihr im Wege stand, hinausdrängen, als der Graf schon, in genau demselben Kriegsrock, mit Orden und Waffen, wie er sie bei der Eroberung des Forts getragen hatte, zu ihr eintrat. Die Marquise glaubte vor Verwirrung in die Erde zu sinken; sie griff nach einem Tuch, das sie auf dem Stuhl hatte liegenlassen, und wollte eben in ein Seitenzimmer entfliehn; doch Frau von G..., indem sie die Hand derselben ergriff, rief: »Julietta –!« und wie erstickt von Gedanken, ging ihr die Sprache aus. Sie heftete die Augen fest auf den Grafen und wiederholte: »Ich bitte dich, Julietta!« indem sie sie nach sich zog: »Wen erwarten wir denn –?« Die Marquise rief, indem sie sich plötzlich wandte: »Nun? doch ihn nicht –?« und schlug mit einem Blick funkelnd, wie ein Wetterstrahl, auf ihn ein, indessen Blässe des Todes ihr Antlitz überflog. Der Graf hatte ein Knie vor ihr gesenkt; die rechte Hand lag auf seinem Herzen, das Haupt sanft auf seine Brust gebeugt, lag er, und bückte hochglühend vor sich nieder, und schwieg. »Wen sonst«, rief die Obristin mit beklemmter Stimme, »wen sonst, wir Sinnberaubten, als ihn –?« Die Marquise stand starr über ihm, und sagte: »Ich werde wahnsinnig werden, meine Mutter!« »Du Törin«, erwiderte die Mutter, zog sie zu sich, und flüsterte ihr etwas in das Ohr. Die Marquise wandte sich, und stürzte, beide Hände vor das Gesicht, auf den Sofa nieder. Die Mutter rief: »Unglückliche! Was fehlt dir? Was ist geschehn, worauf du nicht vorbereitet warst?« – Der Graf wich nicht von der Seite der Obristin; er faßte, immer noch auf seinen Knien liegend, den äußersten Saum ihres Kleides, und küßte ihn. »Liebe! Gnädige! Verehrungswürdigste!« flüsterte er: eine Träne rollte ihm die Wangen herab. Die Obristin sagte: »Stehn Sie auf, Herr Graf, stehn Sie auf! Trösten

Sie jene; so sind wir alle versöhnt, so ist alles vergeben und vergessen.« Der Graf erhob sich weinend. Er ließ sich von neuem vor der Marquise nieder, er faßte leise ihre Hand, als ob sie von Gold wäre, und der Duft der seinigen sie trüben könnte. Doch diese –: »Gehn Sie! gehn Sie! gehn Sie!« rief sie, indem sie aufstand; »auf einen Lasterhaften war ich gefaßt, aber auf keinen – – Teufel!« öffnete, indem sie ihm dabei, gleich einem Pestvergifteten, auswich, die Tür des Zimmers, und sagte: »Ruft den Obristen!« »Julietta!« rief die Obristin mit Erstaunen. Die Marquise blickte, mit tötender Wildheit, bald auf den Grafen, bald auf die Mutter ein; ihre Brust flog, ihr Antlitz loderte; eine Furie blickt nicht schrecklicher. Der Obrist und der Forstmeister kamen. »Diesem Mann, Vater«, sprach sie, als jene noch unter dem Eingang waren, »kann ich mich nicht vermählen!« griff in ein Gefäß mit Weihwasser, das an der hinteren Tür befestigt war, besprengte, in einem großen Wurf, Vater und Mutter und Bruder damit, und verschwand.

Der Kommandant, von dieser seltsamen Erscheinung betroffen, fragte, was vorgefallen sei; und erblaßte, da er, in diesem entscheidenden Augenblick, den Grafen F... im Zimmer erblickte. Die Mutter nahm den Grafen bei der Hand und sagte: »Frage nicht; dieser junge Mann bereut von Herzen alles, was geschehen ist; gib deinen Segen, gib, gib: so wird sich alles noch glücklich endigen.« Der Graf stand wie vernichtet. Der Kommandant legte seine Hand auf ihn; seine Augenwimpern zuckten, seine Lippen waren weiß, wie Kreide. »Möge der Fluch des Himmels von diesen Scheiteln weichen!« rief er: »Wann gedenken Sie zu heiraten?« – »Morgen«, antwortete die Mutter für ihn, denn er konnte kein Wort hervorbringen, »morgen oder heute, wie du willst; dem Herrn Grafen, der so viel schöne Beeiferung gezeigt hat, sein Vergehen wiedergutzumachen, wird immer die nächste Stunde die liebste sein.« – »So habe ich das Vergnügen, Sie morgen um 11 Uhr in der Augustinerkirche zu finden!« sagte der Kommandant; verneigte sich gegen ihn, rief Frau und Sohn ab, um sich in das Zimmer der Marquise zu verfügen, und ließ ihn stehen.

Man bemühte sich vergebens, von der Marquise den Grund ihres sonderbaren Betragens zu erfahren; sie lag im heftigsten Fieber, wollte durchaus von Vermählung nichts wissen, und bat, sie allein zu lassen. Auf die Frage: warum sie denn ihren Entschluß plötzlich geändert habe? und was ihr den Grafen gehässiger mache, als einen andern? sah sie den Vater mit großen Augen zerstreut an, und antwortete nichts. Die Obristin sprach: ob sie vergessen habe, daß sie Mutter sei? worauf sie erwiderte, daß sie, in diesem Falle, mehr an sich, als ihr Kind, denken müsse, und nochmals, indem sie alle Engel und Heiligen zu Zeugen anrief, versicherte, daß sie nicht heiraten würde. Der Vater, der sie offenbar in einem überreizten Gemütszustande sah, erklärte, daß sie ihr Wort halten müsse; verließ sie, und ordnete alles, nach gehöriger schriftlicher Rücksprache mit dem Grafen, zur Vermählung an. Er legte demselben einen Heiratskontrakt vor, in welchem dieser auf alle Rechte eines Gemahls Verzicht tat, dagegen sich zu allen Pflichten, die man von ihm fordern würde, verstehen sollte. Der Graf sandte das Blatt, ganz von Tränen durchfeuchtet, mit seiner Unterschrift zurück. Als der Kommandant am andern Morgen der Marquise dieses Papier überreichte, hatten sich ihre Geister ein wenig beruhigt. Sie durchlas es, noch im Bette sitzend, mehrere Male, legte es sinnend zusammen, öffnete es, und durchlas es wieder; und erklärte hierauf, daß sie sich um 11 Uhr in der Augustinerkirche einfinden würde. Sie stand auf, zog sich, ohne ein Wort zu sprechen, an, stieg, als die Glocke schlug, mit allen Ihrigen in den Wagen, und fuhr dahin ab.

Erst an dem Portal der Kirche war es dem Grafen erlaubt, sich an die Familie anzuschließen. Die Marquise sah, während der Feierlichkeit, starr auf das Altarbild; nicht ein flüchtiger Blick ward dem Manne zuteil, mit welchem sie die Ringe wechselte. Der Graf bot ihr, als die Trauung vorüber war, den Arm; doch sobald sie wieder aus der Kirche heraus waren, verneigte sich die Gräfin vor ihm: der Kommandant fragte, ob er die Ehre haben würde, ihn zuweilen in den Gemächern seiner Tochter zu sehen, worauf der Graf etwas stammelte, das niemand verstand, den Hut vor der Gesellschaft abnahm, und verschwand. Er bezog eine Wohnung in M..., in welcher er mehrere Monate zubrachte, ohne auch nur den Fuß in des Kommandanten Haus zu setzen, bei welchem die

Gräfin zurückgeblieben war. Nur seinem zarten, würdigen und völlig musterhaften Betragen überall, wo er mit der Familie in irgendeine Berührung kam, hatte er es zu verdanken, daß er, nach der nunmehr erfolgten Entbindung der Gräfin von einem jungen Sohne, zur Taufe desselben eingeladen ward. Die Gräfin, die, mit Teppichen bedeckt, auf dem Wochenbette saß, sah ihn nur auf einen Augenblick, da er unter die Tür trat, und sie von weitem ehrfurchtsvoll grüßte. Er warf unter den Geschenken, womit die Gäste den Neugebornen bewillkommten, zwei Papiere auf die Wiege desselben, deren eines, wie sich nach seiner Entfernung auswies, eine Schenkung von 20 000 Rubel an den Knaben, und das andere ein Testament war, in dem er die Mutter, falls er stürbe, zur Erbin seines ganzen Vermögens einsetzte. Von diesem Tage an ward er, auf Veranstaltung der Frau von G..., öfter eingeladen; das Haus stand seinem Eintritt offen, es verging bald kein Abend, da er sich nicht darin gezeigt hätte. Er fing, da sein Gefühl ihm sagte, daß ihm von allen Seiten, um der gebrechlichen Einrichtung der Welt willen, verziehen sei, seine Bewerbung um die Gräfin, seine Gemahlin, von neuem an, erhielt, nach Verlauf eines Jahres, ein zweites Jawort von ihr, und auch eine zweite Hochzeit ward gefeiert, froher, als die erste, nach deren Abschluß die ganze Familie nach V... hinauszog. Eine ganze Reihe von jungen Russen folgte jetzt noch dem ersten; und da der Graf, in einer glücklichen Stunde, seine Frau einst fragte, warum sie, an jenem fürchterlichen Dritten, da sie auf jeden

Lasterhaften gefaßt schien, vor ihm, gleich einem Teufel, geflohen wäre, antwortete sie, indem sie ihm um den Hals fiel: er würde ihr damals nicht wie ein Teufel erschienen sein, wenn er ihr nicht, bei seiner ersten Erscheinung, wie ein Engel vorgekommen wäre.

Das Erdbeben in Chili

In St. Jago, der Hauptstadt des Königreichs Chili, stand gerade in dem Augenblicke der großen Erderschütterung vom Jahre 1647, bei welcher viele tausend Menschen ihren Untergang fanden, ein junger, auf ein Verbrechen angeklagter Spanier, namens Jeronimo Rugera, an einem Pfeiler des Gefängnisses, in welches man ihn eingesperrt hatte, und wollte sich erhenken. Don Henrico Asteron, einer der reichsten Edelleute der Stadt, hatte ihn ungefähr ein Jahr zuvor aus seinem Hause, wo er als Lehrer angestellt war, entfernt, weil er sich mit Donna Josephe, seiner einzigen Tochter, in einem zärtlichen Einverständnis befunden hatte. Eine geheime Bestellung, die dem alten Don, nachdem er die Tochter nachdrücklich gewarnt hatte, durch die hämische Aufmerksamkeit seines stolzen Sohnes verraten worden war, entrüstete ihn dergestalt, daß er sie in dem Karmeliterkloster Unsrer lieben Frauen vom Berge daselbst unterbrachte.

Durch einen glücklichen Zufall hatte Jeronimo hier die Verbindung von neuem anzuknüpfen gewußt, und in einer verschwiegenen Nacht den Klostergarten zum Schauplatze seines vollen Glückes gemacht. Es war am Fronleichnamsfeste, und die feierliche Prozession der Nonnen, welchen die Novizen folgten, nahm eben ihren Anfang, als die unglückliche Josephe, bei dem Anklange der Glocken, in Mutterwehen auf den Stufen der Kathedrale niedersank.

Dieser Vorfall machte außerordentliches Aufsehn; man brachte die junge Sünderin, ohne Rücksicht auf ihren Zustand, sogleich in ein Gefängnis, und kaum war sie aus den Wochen erstanden, als ihr schon, auf Befehl des Erzbischofs, der geschärfteste Prozeß gemacht ward. Man sprach in der Stadt mit einer so großen Erbitterung von diesem Skandal, und die Zungen fielen so scharf über das ganze Kloster her, in welchem er sich zugetragen hatte, daß weder die Fürbitte der Familie Asteron, noch auch sogar der Wunsch der Äbtissin selbst, welche das junge Mädchen wegen ihres sonst untadelhaften Betragens liebgewonnen hatte, die Strenge, mit welcher das klösterliche Gesetz sie bedrohte, mildern konnte. Alles, was geschehen konnte, war, daß der Feuertod, zu dem sie verurteilt wurde, zur großen Entrüstung der Matronen und Jungfrauen von St. Jago, durch einen Machtspruch des Vizekönigs, in eine Enthauptung verwandelt ward.

Man vermietete in den Straßen, durch welche der Hinrichtungszug gehen sollte, die Fenster, man trug die Dächer der Häuser ab, und die frommen Töchter der Stadt luden ihre Freundinnen ein, um dem Schauspiele, das der göttlichen Rache gegeben wurde, an ihrer schwesterlichen Seite beizuwohnen.

Jeronimo, der inzwischen auch in ein Gefängnis gesetzt worden war, wollte die Besinnung verlieren, als er diese ungeheure Wendung der Dinge erfuhr. Vergebens sann er auf Rettung: überall, wohin ihn auch der Fittich der vermessensten Gedanken trug, stieß er auf Riegel und Mauern, und ein Versuch, die Gitterfenster zu durchfeilen, zog ihm, da er entdeckt ward, eine nur noch engere Einsperrung zu. Er warf sich vor dem Bildnisse der heiligen Mutter Gottes nieder, und betete mit unendlicher Inbrunst zu ihr, als der einzigen, von der ihm jetzt noch Rettung kommen könnte.

Doch der gefürchtete Tag erschien, und mit ihm in seiner Brust die Überzeugung von der völligen Hoffnungslosigkeit seiner Lage. Die Glocken, welche Josephen zum Richtplatze begleiteten, ertönten, und Verzweiflung bemächtigte sich seiner Seele. Das Leben schien ihm verhaßt, und er beschloß, sich durch einen Strick, den ihm der Zufall gelassen hatte, den Tod zu geben. Eben stand er, wie schon gesagt, an einem Wandpfeiler, und befestigte den Strick, der ihn dieser jammervollen Welt entreißen sollte, an eine Eisenklammer, die an dem Gesimse derselben eingefügt war; als plötzlich der größte Teil der Stadt, mit einem Gekrache, als ob das Firmament einstürzte, versank, und alles, was Leben atmete, unter seinen Trümmern begrub. Jeronimo Rugera war starr vor Entsetzen; und gleich als ob sein ganzes Bewußtsein zerschmettert worden wäre, hielt er sich jetzt an dem Pfeiler, an welchem er hatte sterben wollen, um nicht umzufallen. Der Boden wankte unter seinen Füßen, alle Wände des Gefängnisses rissen, der ganze Bau neigte sich, nach der Straße zu einzustürzen, und nur der, seinem langsamen Fall begegnende, Fall des gegenüberstehenden Gebäudes verhinderte, durch eine zufällige Wölbung, die gänzliche Zubodenstreckung desselben. Zitternd, mit sträubenden Haaren, und Knien, die unter ihm brechen wollten, glitt Jeronimo über den schiefgesenkten Fußboden hinweg, der Öffnung zu, die der Zusammenschlag beider Häuser in die vordere Wand des Gefängnisses eingerissen hatte.

Kaum befand er sich im Freien, als die ganze, schon erschütterte Straße auf eine zweite Bewegung der Erde völlig zusammenfiel. Besinnungslos, wie er sich aus diesem allgemeinen Verderben retten würde, eilte er, über Schutt und Gebälk hinweg, indessen der Tod von allen Seiten Angriffe auf ihn machte, nach einem der nächsten Tore der Stadt. Hier stürzte noch ein Haus zusammen, und jagte ihn, die Trümmer weit umherschleudernd, in eine Nebenstraße; hier leckte die Flamme schon, in Dampfwolken blitzend, aus allen Giebeln, und trieb ihn schreckenvoll in eine andere; hier wälzte sich, aus seinem Gestade gehoben, der Mapochofluß auf ihn heran, und riß ihn brüllend in eine dritte. Hier lag ein Haufen Erschlagener, hier ächzte noch eine Stimme unter dem Schutte, hier schrieen Leute von brennenden Dächern herab, hier kämpften Menschen und Tiere mit den Wellen, hier war ein mutiger Retter bemüht, zu helfen; hier stand ein anderer, bleich wie der Tod, und streckte sprachlos zitternde Hände zum Himmel. Als Jeronimo das Tor erreichte, und einen Hügel jenseits desselben bestiegen hatte, sank er ohnmächtig auf demselben nieder.

Er mochte wohl eine Viertelstunde in der tiefsten Bewußtlosigkeit gelegen haben, als er endlich wieder erwachte, und sich, mit nach der Stadt gekehrtem Rücken, halb auf dem Erdboden erhob. Er befühlte sich Stirn und Brust, unwissend, was er aus seinem

Zustande machen sollte, und ein unsägliches Wonnegefühl ergriff ihn, als ein Westwind, vom Meere her, sein wiederkehrendes Leben anwehte, und sein Auge sich nach allen Richtungen über die blühende Gegend von St. Jago hinwandte. Nur die verstörten Menschenhaufen, die sich überall blicken ließen, beklemmten sein Herz; er begriff nicht, was ihn und sie hiehergeführt haben konnte, und erst, da er sich umkehrte, und die Stadt hinter sich versunken sah, erinnerte er sich des schrecklichen Augenblicks, den er erlebt hatte. Er senkte sich so tief, daß seine Stirn den Boden berührte, Gott für seine wunderbare Errettung zu danken; und gleich, als ob der eine entsetzliche Eindruck, der sich seinem Gemüt eingeprägt hatte, alle früheren daraus verdrängt hätte, weinte er vor Lust, daß er sich des lieblichen Lebens, voll bunter Erscheinungen, noch erfreue.

Drauf, als er eines Ringes an seiner Hand gewahrte, erinnerte er sich plötzlich auch Josephens; und mit ihr seines Gefängnisses, der Glocken, die er dort gehört hatte, und des Augenblicks, der dem Einsturze desselben vorangegangen war. Tiefe Schwermut erfüllte wieder seine Brust; sein Gebet fing ihn zu reuen an, und fürchterlich schien ihm das Wesen, das über den Wolken waltet. Er mischte sich unter das Volk, das überall, mit Rettung des Eigentums beschäftigt, aus den Toren stürzte, und wagte schüchtern nach der Tochter Asterons, und ob die Hinrichtung an ihr vollzogen worden sei, zu fragen; doch niemand war, der ihm umständliche Auskunft gab. Eine Frau, die auf einem fast zur Erde gedrückten Nacken eine ungeheure Last von Gerätschaften und zwei Kinder, an der Brust hängend, trug, sagte im Vorbeigehen, als ob sie es selbst angesehen hätte: daß sie enthauptet worden sei. Jeronimo kehrte sich um; und da er, wenn er die Zeit berechnete, selbst an ihrer Vollendung nicht zweifeln konnte, so setzte er sich in einem einsamen Walde nieder, und überließ sich seinem vollen Schmerz. Er wünschte, daß die zerstörende Gewalt der Natur von neuem über ihn einbrechen möchte. Er begriff nicht, warum er dem Tode, den seine jammervolle Seele suchte, in jenen Augenblicken, da er ihm freiwillig von allen Seiten rettend erschien, entflohen sei. Er nahm sich fest vor, nicht zu wanken, wenn auch jetzt die Eichen entwurzelt werden, und ihre Wipfel über ihm zusammenstürzen sollten. Darauf nun, da er sich ausgeweint hatte, und ihm, mitten unter den heißesten Tränen, die Hoffnung wieder erschienen war, stand er auf, und durchstreifte nach allen Richtungen das Feld. Jeden Berggipfel, auf dem sich die Menschen versammelt hatten, besuchte er; auf allen Wegen,, wo sich der Strom der Flucht noch bewegte, begegnete er ihnen; wo nur irgendein weibliches Gewand im Winde flatterte, da trug ihn sein zitternder Fuß hin: doch keines deckte die geliebte Tochter Asterons. Die Sonne neigte sich, und mit ihr seine Hoffnung schon wieder zum Untergange, als er den Rand eines Felsens betrat, und sich ihm die Aussicht in ein weites, nur von wenig Menschen besuchtes Tal eröffnete. Er durchlief, unschlüssig, was er tun sollte, die einzelnen Gruppen derselben, und wollte sich schon wieder wenden, als er plötzlich an einer Quelle, die die Schlucht bewässerte, ein junges Weib erblickte, beschäftigt, ein Kind in seinen Fluten zu reinigen. Und das Herz hüpfte ihm bei diesem Anblick: er sprang voll Ahndung über die Gesteine herab, und rief: »O Mutter Gottes, du Heilige!« und erkannte Josephen, als sie sich bei dem Geräusche schüchtern umsah. Mit welcher Seligkeit umarmten sie sich, die Unglücklichen, die ein Wunder des Himmels gerettet hatte!

Josephe war, auf ihrem Gang zum Tode, dem Richtplatze schon ganz nahe gewesen, als durch den krachenden Einsturz der Gebäude plötzlich der ganze Hinrichtungszug auseinandergesprengt ward. Ihre ersten entsetzensvollen Schritte trugen sie hierauf dem nächsten Tore zu; doch die Besinnung kehrte ihr bald wieder, und sie wandte sich, um nach dem Kloster zu eilen, wo ihr kleiner, hülfloser Knabe zurückgeblieben war. Sie fand das ganze Kloster schon in Flammen, und die Äbtissin, die ihr in jenen Augenblicken, die ihre letzten sein sollten, Sorge für den Säugling angelobt hatte, schrie eben, vor den Pforten stehend, nach Hülfe, um ihn zu retten. Josephe stürzte sich, unerschrocken durch den Dampf, der ihr entgegenqualmte, in das von allen Seiten schon zusammenfallende Gebäude, und gleich, als ob alle Engel des Himmels sie umschirmten, trat sie mit ihm unbeschädigt wieder aus dem Portal hervor. Sie wollte der Äbtissin, welche die Hände über ihr Haupt zusammenschlug, eben in die Arme sinken, als diese, mit fast allen ihren Klosterfrauen, von einem herabfallenden Giebel des Hauses, auf eine schmähliche Art erschlagen ward. Josephe bebte bei diesem entsetzlichen Anblicke zurück; sie drückte der Äbtissin flüchtig die Augen zu, und floh, ganz von Schrecken erfüllt, den teuern Knaben, den ihr der Himmel wiedergeschenkt hatte, dem Verderben zu entreißen.

Sie hatte noch wenig Schritte getan, als ihr auch schon die Leiche des Erzbischofs begegnete, die man soeben zerschmettert aus dem Schutt der Kathedrale hervorgezogen hatte. Der Palast des Vizekönigs war versunken, der Gerichtshof, in welchem ihr das Urteil gesprochen worden war, stand in Flammen, und an die Stelle, wo sich ihr väterliches Haus befunden hatte, war ein See getreten, und kochte rötliche Dämpfe aus. Josephe raffte alle ihre Kräfte zusammen, sich zu halten. Sie schritt, den Jammer von ihrer Brust entfernend, mutig mit ihrer Beute von Straße zu Straße, und war schon dem Tore nah, als sie auch das Gefängnis, in welchem Jeronimo geseufzt hatte, in Trümmern sah. Bei diesem Anblicke wankte sie, und wollte besinnungslos an einer Ecke niedersinken; doch in demselben Augenblick jagte sie der Sturz eines Gebäudes hinter ihr, das die Erschütterungen schon ganz aufgelöst hatten, durch das Entsetzen gestärkt, wieder auf; sie küßte das Kind, drückte sich die Tränen aus den Augen, und erreichte, nicht mehr auf die Greuel, die sie umringten, achtend, das Tor. Als sie sich im Freien sahe, schloß sie bald, daß nicht jeder,

der ein zertrümmertes Gebäude bewohnt hatte, unter ihm notwendig müsse zerschmettert worden sein.

An dem nächsten Scheidewege stand sie still, und harrte, ob nicht einer, der ihr, nach dem kleinen Philipp, der liebste auf der Welt war, noch erscheinen würde. Sie ging, weil niemand kam, und das Gewühl der Menschen anwuchs, weiter, und kehrte sich wieder um, und harrte wieder; und schlich, viel Tränen vergießend, in ein dunkles, von Pinien beschattetes Tal, um seiner Seele, die sie entflohen glaubte, nachzubeten; und fand ihn hier, diesen Geliebten, im Tale, und Seligkeit, als ob es das Tal von Eden gewesen wäre.

Dies alles erzählte sie jetzt voll Rührung dem Jeronimo, und reichte ihm, da sie vollendet hatte, den Knaben zum Küssen dar. – Jeronimo nahm ihn, und hätschelte ihn in unsäglicher Vaterfreude, und verschloß ihm, da er das fremde Antlitz anweinte, mit Liebkosungen ohne Ende den Mund. Indessen war die schönste Nacht herabgestiegen, voll wundermilden, Duftes, so silberglänzend und still, wie nur ein Dichter davon träumen mag. Überall, längs der Talquelle, hatten sich, im Schimmer des Mondscheins, Menschen niedergelassen, und bereiteten sich sanfte Lager von Moos und Laub, um von einem so qualvollen Tage auszuruhen. Und weil die Armen immer noch jammerten; dieser, daß er sein Haus, jener, daß er Weib und Kind, und der dritte, daß er alles verloren habe: so schlichen Jeronimo und Josephe in ein dichteres Gebüsch, um durch das heimliche Gejauchz ihrer Seelen niemand zu betrüben. Sie fanden einen prachtvollen Granatapfelbaum, der seine Zweige, voll duftender Früchte, weit ausbreitete; und die Nachtigall flötete im Wipfel ihr wollüstiges Lied. Hier ließ sich Jeronimo am Stamme nieder, und Josephe in seinem, Philipp in Josephens Schoß, saßen sie, von seinem Mantel bedeckt, und ruhten. Der Baumschatten zog, mit seinen verstreuten Lichtern, über sie hinweg, und der Mond erblaßte schon wieder vor der Morgenröte, ehe sie einschliefen. Denn Unendliches hatten sie zu schwatzen vom Klostergarten und den Gefängnissen, und was sie umeinander gelitten hätten; und waren sehr gerührt, wenn sie dachten, wieviel Elend über die Welt kommen mußte, damit sie glücklich würden!

Sie beschlossen, sobald die Erderschütterungen aufgehört haben würden, nach La Conception zu gehen, wo Josephe eine vertraute Freundin hatte, sich mit einem kleinen Vorschuß, den sie von ihr zu erhalten hoffte, von dort nach Spanien einzuschiffen, wo Jeronimos mütterliche Verwandten wohnten, und daselbst ihr glückliches Leben zu beschließen. Hierauf, unter vielen Küssen, schliefen sie ein.

Als sie erwachten, stand die Sonne schon hoch am Himmel, und sie bemerkten in ihrer Nähe mehrere Familien, beschäftigt, sich am Feuer ein kleines Morgenbrot zu bereiten. Jeronimo dachte eben auch, wie er Nahrung für die Seinigen herbeischaffen sollte, als ein junger wohlgekleideter Mann, mit einem Kinde auf dem Arm, zu Josephen trat, und sie mit Bescheidenheit fragte: ob sie diesem armen Wurme, dessen Mutter dort unter den Bäumen beschädigt liege, nicht auf kurze Zeit ihre Brust reichen wolle? Josephe war ein wenig verwirrt, als sie in ihm einen Bekannten erblickte; doch da er, indem er ihre Verwirrung falsch deutete, fortfuhr: »Es ist nur auf wenige Augenblicke, Donna Josephe, und dieses Kind hat, seit jener Stunde, die uns alle unglücklich gemacht hat, nichts genossen«; so sagte sie: »Ich schwieg – aus einem andern Grunde, Don Fernando; in diesen schrecklichen Zeiten weigert sich niemand, von dem, was er besitzen mag, mitzuteilen«: und nahm den kleinen Fremdling, indem sie ihr eigenes Kind dem Vater gab, und legte ihn an ihre Brust. Don Fernando war sehr dankbar für diese Güte, und fragte: ob sie sich nicht mit ihm zu jener Gesellschaft verfügen wollten, wo eben jetzt beim Feuer ein kleines Frühstück bereitet werde? Josephe antwortete, daß sie dies Anerbieten mit Vergnügen annehmen würde, und folgte ihm, da auch Jeronimo nichts einzuwenden hatte, zu seiner Familie, wo sie auf das innigste und zärtlichste von Don Fernandos beiden Schwägerinnen, die sie als sehr würdige junge Damen kannte, empfangen ward.

Donna Elvire, Don Fernandos Gemahlin, welche schwer an den Füßen verwundet auf der Erde lag, zog Josephe, da sie ihren abgehärmten Knaben an der Brust derselben sah, mit vieler Freundlichkeit zu sich nieder. Auch Don Pedro, sein Schwiegervater, der an der Schulter verwundet war, nickte ihr liebreich mit dem Haupte zu.

In Jeronimos und Josephens Brust regten sich Gedanken von seltsamer Art. Wenn sie sich mit so vieler Vertraulichkeit und Güte behandelt sahen, so wußten sie nicht, was sie von der Vergangenheit denken sollten, vom Richtplatze, von dem Gefängnisse, und der Glocke; und ob sie bloß davon geträumt hätten? Es war, als ob die Gemüter, seit dem fürchterlichen Schlage, der sie durchdröhnt hatte, alle versöhnt wären. Sie konnten in der Erinnerung gar nicht weiter, als bis auf ihn, zurückgehen. Nur Donna Elisabeth, welche bei einer Freundin, auf das Schauspiel des gestrigen Morgens, eingeladen worden war, die Einladung aber nicht angenommen hatte, ruhte zuweilen mit träumerischem Blicke auf Josephen; doch der Bericht, der über irgendein neues gräßliches Unglück erstattet ward, riß ihre, der Gegenwart kaum entflohene Seele schon wieder in dieselbe zurück.

Man erzählte, wie die Stadt gleich nach der ersten Haupterschütterung von Weibern ganz voll gewesen, die vor den Augen aller Männer niedergekommen seien; wie die Mönche darin, mit dem Kruzifix in der Hand, umhergelaufen wären, und geschrieen hätten: das Ende der Welt sei da! wie man einer Wache, die auf Befehl des Vizekönigs verlangte, eine Kirche zu räumen, geantwortet hätte: es gäbe keinen Vizekönig von Chili mehr! wie der Vizekönig in den schrecklichsten Augenblicken hätte müssen Galgen aufrichten lassen, um der Dieberei Einhalt zu tun; und wie ein Unschuldiger, der sich von hinten durch ein brennendes Haus gerettet, von dem Besitzer aus

Übereilung ergriffen, und sogleich auch aufgeknüpft worden wäre.

Donna Elvire, bei deren Verletzungen Josephe viel beschäftigt war, hatte in einem Augenblick, da gerade die Erzählungen sich am lebhaftesten kreuzten, Gelegenheit genommen, sie zu fragen: wie es denn ihr an diesem fürchterlichen Tag ergangen sei? Und da Josephe ihr, mit beklemmtem Herzen, einige Hauptzüge davon angab, so ward ihr die Wollust, Tränen in die Augen dieser Dame treten zu sehen; Donna Elvire ergriff ihre Hand, und drückte sie, und winkte ihr, zu schweigen. Josephe dünkte sich unter den Seligen. Ein Gefühl, das sie nicht unterdrücken konnte, nannte den verfloßnen Tag, so viel Elend er auch über die Welt gebracht hatte, eine Wohltat, wie der Himmel noch keine über sie verhängt hatte. Und in der Tat schien, mitten in diesen gräßlichen Augenblicken, in welchen alle irdischen Güter der Menschen zugrunde gingen, und die ganze Natur verschüttet zu werden drohte, der menschliche Geist selbst, wie eine schöne Blume, aufzugehn. Auf den Feldern, so weit das Auge reichte, sah man Menschen von allen Ständen durcheinander liegen, Fürsten und Bettler, Matronen und Bäuerinnen, Staatsbeamte und Tagelöhner, Klosterherren und Klosterfrauen: einander bemitleiden, sich wechselseitig Hülfe reichen, von dem, was sie zur Erhaltung ihres Lebens gerettet haben mochten, freudig mitteilen, als ob das allgemeine Unglück alles, was ihm entronnen war, zu einer Familie gemacht hätte.

Statt der nichtssagenden Unterhaltungen, zu welchen sonst die Welt an den Teetischen den Stoff hergegeben hatte, erzählte man jetzt Beispiele von ungeheuern Taten: Menschen, die man sonst in der Gesellschaft wenig geachtet hatte, hatten Römergröße gezeigt; Beispiele zu Haufen von Unerschrockenheit, von freudiger Verachtung der Gefahr, von Selbstverleugnung, und der göttlichen Aufopferung, von ungesäumter Wegwerfung des Lebens, als ob es, dem nichtswürdigsten Gute gleich, auf dem nächsten Schritte schon wiedergefunden würde. Ja, da nicht einer war, für den nicht an diesem Tage etwas Rührendes geschehen wäre, oder der nicht selbst etwas Großmütiges getan hätte, so war der Schmerz in jeder Menschenbrust mit so viel süßer Lust vermischt, daß sich, wie sie meinte, gar nicht angeben ließ, ob die Summe des allgemeinen Wohlseins nicht von der einen Seite um ebensoviel gewachsen war, als sie von der anderen abgenommen hatte.

Jeronimo nahm Josephen, nachdem sich beide in diesen Betrachtungen stillschweigend erschöpft hatten, beim Arm, und führte sie mit unaussprechlicher Heiterkeit unter den schattigen Lauben des Granatwaldes auf und nieder. Er sagte ihr, daß er, bei dieser Stimmung der Gemüter und dem Umsturz aller Verhältnisse, seinen Entschluß, sich nach Europa einzuschiffen, aufgebe; daß er vor dem Vizekönig, der sich seiner Sache immer günstig gezeigt, falls er noch am Leben sei, einen Fußfall wagen würde; und daß er Hoffnung habe (wobei er ihr einen Kuß aufdrückte), mit ihr in Chili zurückzubleiben. Josephe antwortete, daß ähnliche Gedanken in ihr aufgestiegen wären; daß auch sie nicht mehr, falls ihr Vater nur noch am Leben sei, ihn zu versöhnen zweifle; daß sie aber statt des Fußfalles lieber nach La Conception zu gehen, und von dort aus schriftlich das Versöhnungsgeschäft mit dem Vizekönig zu betreiben rate, wo man auf jeden Fall in der Nähe des Hafens wäre, und für den besten, wenn das Geschäft die erwünschte Wendung nähme, ja leicht wieder nach St. Jago zurückkehren könnte. Nach einer kurzen Überlegung gab Jeronimo der Klugheit dieser Maßregel seinen Beifall, führte sie noch ein wenig, die heitern Momente der Zukunft überfliegend, in den Gängen umher, und kehrte mit ihr zur Gesellschaft zurück.

Inzwischen war der Nachmittag herangekommen, und die Gemüter der herumschwärmenden Flüchtlinge hatten sich, da die Erdstöße nachließen, nur kaum wieder ein wenig beruhigt, als sich schon die Nachricht verbreitete, daß in der Dominikanerkirche, der einzigen, welche das Erdbeben verschont hatte, eine feierliche Messe von dem Prälaten des Klosters selbst gelesen werden würde, den Himmel um Verhütung ferneren Unglücks anzuflehen.

Das Volk brach schon aus allen Gegenden auf, und eilte in Strömen zur Stadt. In Don Fernandos Gesellschaft ward die Frage aufgeworfen, ob man nicht auch an dieser Feierlichkeit teilnehmen, und sich dem allgemeinen Zuge anschließen solle? Donna Elisabeth erinnerte, mit einiger Beklemmung, was für ein Unheil gestern in der Kirche vorgefallen sei; daß solche Dankfeste ja wiederholt werden würden, und daß man sich der Empfindung alsdann, weil die Gefahr schon mehr vorüber wäre, mit desto größerer Heiterkeit und Ruhe überlassen könnte. Josephe äußerte, indem sie mit einiger Begeisterung sogleich aufstand, daß sie den Drang, ihr Antlitz vor dem Schöpfer in den Staub zu legen, niemals lebhafter empfunden habe, als eben jetzt, wo er seine unbegreifliche und erhabene Macht so entwickle. Donna Elvire erklärte sich mit Lebhaftigkeit für Josephens Meinung. Sie bestand darauf, daß man die Messe hören sollte, und rief Don Fernando auf, die Gesellschaft zu führen, worauf sich alles, Donna Elisabeth auch, von den Sitzen erhob. Da man jedoch letztere, mit heftig arbeitender Brust, die kleinen Anstalten zum Aufbruche zaudernd betreiben sah, und sie, auf die Frage: was ihr fehle? antwortete: sie wisse nicht, welch eine unglückliche Ahndung in ihr sei? so beruhigte sie Donna Elvire, und forderte sie auf, bei ihr und ihrem kranken Vater zurückzubleiben. Josephe sagte: »So werden Sie mir wohl, Donna Elisabeth, diesen kleinen Liebling abnehmen, der sich schon wieder, wie Sie sehen, bei mir eingefunden hat.« »Sehr gern«, antwortete Donna Elisabeth, und machte Anstalten ihn zu ergreifen; doch da dieser über das Unrecht, das ihm geschah, kläglich schrie, und auf keine Art dareinwilligte, so sagte Josephe lächelnd, daß sie ihn nur behalten wolle, und küßte ihn wieder still. Hierauf bot Don Fernando, dem die ganze Würdigkeit und Anmut ihres Betragens sehr gefiel, ihr den Arm; Jeronimo, welcher den kleinen Philipp trug, führte Donna Constanzen; die übrigen Mitglieder, die sich bei der Gesellschaft eingefunden hatten, folgten; und in dieser Ordnung ging der Zug nach der Stadt.

Sie waren kaum fünfzig Schritte gegangen, als man Donna Elisabeth, welche inzwischen heftig und heimlich mit Donna Elvire gesprochen hatte: »Don Fernando!« rufen hörte, und dem Zuge mit unruhigen Tritten nacheilen sah. Don Fernando hielt, und kehrte sich um; harrte ihrer, ohne Josephen loszulassen, und fragte, da sie, gleich als ob sie auf sein Entgegenkommen wartete, in einiger Ferne stehenblieb: was sie wolle? Donna Elisabeth näherte sich ihm hierauf, obschon, wie es schien, mit Widerwillen, und raunte ihm, doch so, daß Josephe es nicht hören konnte, einige Worte ins Ohr. »Nun?« fragte Don Fernando: »und das Unglück, das daraus entstehen kann?« Donna Elisabeth fuhr fort, ihm mit verstörtem Gesicht ins Ohr zu zischeln. Don Fernando stieg eine Röte des Unwillens ins Gesicht; er antwortete: es wäre gut! Donna Elvire möchte sich beruhigen; und führte seine Dame weiter.

Als sie in der Kirche der Dominikaner ankamen, ließ sich die Orgel schon mit musikalischer Pracht hören, und eine unermeßliche Menschenmenge wogte darin. Das Gedränge erstreckte sich bis weit vor den Portalen auf den Vorplatz der Kirche hinaus, und an den Wänden hoch, in den Rahmen der Gemälde, hingen Knaben, und hielten mit erwartungsvollen Blicken ihre Mützen in der Hand. Von allen Kronleuchtern strahlte es herab, die Pfeiler warfen, bei der einbrechenden Dämmerung, geheimnisvolle Schatten, die große von gefärbtem Glas gearbeitete Rose in der Kirche äußerstem Hintergrunde glühte, wie die Abendsonne selbst, die sie erleuchtete, und Stille herrschte, da die Orgel jetzt schwieg, in der ganzen Versammlung, als hätte keiner einen Laut in der Brust. Niemals schlug aus einem christlichen Dom eine solche Flamme der Inbrunst gen Himmel, wie heute aus dem Dominikanerdom zu St. Jago; und keine menschliche Brust gab wärmere Glut dazu her, als Jeronimos und Josephens!

Die Feierlichkeit fing mit einer Predigt an, die der ältesten Chorherren einer, mit dem Festschmuck angetan, von der Kanzel hielt. Er begann gleich mit Lob, Preis und Dank, seine zitternden, vom Chorhemde weit umflossenen Hände hoch gen Himmel erhebend, daß noch Menschen seien, auf diesem, in Trümmer zerfallenden Teile der Welt, fähig, zu Gott empor zu stammeln. Er schilderte, was auf den Wink des Allmächtigen geschehen war; das Weltgericht kann nicht entsetzlicher sein; und als er das gestrige Erdbeben gleichwohl, auf einen Riß, den der Dom erhalten hatte, hinzeigend, einen bloßen Vorboten davon nannte, lief ein Schauder über die ganze Versammlung. Hierauf kam er, im Flusse priesterlicher Beredsamkeit, auf das Sittenverderbnis der Stadt; Greuel, wie Sodom und Gomorrha sie nicht sahen, straft er an ihr; und nur der unendlichen Langmut Gottes schrieb er es zu, daß sie noch nicht gänzlich vom Erdboden vertilgt worden sei.

Aber wie dem Dolche gleich fuhr es durch die von dieser Predigt schon ganz zerrissenen Herzen unserer beiden Unglücklichen, als der Chorherr bei dieser Gelegenheit umständlich des Frevels erwähnte, der in dem Klostergarten der Karmeliterinnen verübt worden war; die Schonung, die er bei der Welt gefunden hatte, gottlos nannte, und in einer von Verwünschungen erfüllten Seitenwendung, die Seelen der Täter, wörtlich genannt, allen Fürsten der Hölle übergab! Donna Constanze rief, indem sie an Jeronimos Armen zuckte: »Don Fernando!« Doch dieser antwortete so nachdrücklich und doch so heimlich, wie sich beides verbinden ließ: »Sie schweigen, Donna, Sie rühren auch den Augapfel nicht, und tun, als ob Sie in eine Ohnmacht versänken; worauf wir die Kirche verlassen.« Doch, ehe Donna Constanze diese sinnreiche zur Rettung erfundene Maßregel noch ausgeführt hatte, rief schon eine Stimme, des Chorherrn Predigt laut unterbrechend, aus: »Weichet fern hinweg, ihr Bürger von St. Jago, hier stehen diese gottlosen Menschen!« Und als eine andere Stimme schreckenvoll, indessen sich ein weiter Kreis des Entsetzens um sie bildete, fragte: »Wo?« »Hier!« versetzte ein dritter, und zog, heiliger Ruchlosigkeit voll, Josephen bei den Haaren nieder, daß sie mit Don Fernandos Sohne zu Boden getaumelt wäre, wenn dieser sie nicht gehalten hätte. »Seid ihr wahnsinnig?« rief der Jüngling, und schlug den Arm um Josephen: »Ich bin Don Fernando Ormez, Sohn des Kommandanten der Stadt, den ihr alle kennt.« »Don Fernando Ormez?« rief, dicht vor ihn hingestellt, ein Schuhflicker, der für Josephen gearbeitet hatte, und diese wenigstens so genau kannte, als ihre kleinen Füße. »Wer ist der Vater zu diesem Kinde?« wandte er sich mit frechem Trotz zur Tochter Asterons. Don Fernando erblaßte bei dieser Frage. Er sah bald den Jeroninio schüchtern an, bald überflog er die Versammlung, ob nicht einer sei, der ihn kenne? Josephe rief, von entsetzlichen Verhältnissen gedrängt: »Dies ist nicht mein Kind, Meister Pedrillo, wie Er glaubt«; indem sie, in unendlicher Angst der Seele, auf Don Fernando blickte: »Dieser junge Herr ist Don Fernando Ormez, Sohn des Kommandanten der Stadt, den ihr alle kennt!« Der Schuster fragte: »Wer von euch, ihr Bürger, kennt diesen jungen Mann?« Und mehrere der Umstehenden wiederholten: »Wer kennt den Jeronimo Rugera? Der trete vor!« Nun traf es sich, daß in demselben Augenblicke der kleine Juan, durch den Tumult erschreckt, von Josephens Brust weg Don Fernando in die Arme strebte. Hierauf: »Er ist der Vater!« schrie eine Stimme; und: »Er ist Jeronimo Rugera!« eine andere; und: »Sie sind die gotteslästerlichen Menschen!« eine dritte; und: »Steinigt sie! steinigt sie!« die ganze im Tempel Jesu versammelte Christenheit! Drauf jetzt Jeronimo: »Halt! Ihr Unmenschlichen! Wenn ihr den Jeronimo Rugera sucht: hier ist er! Befreit jenen Mann, welcher unschuldig ist!«–

Der wütende Haufen, durch die Äußerung Jeronimos verwirrt, stutzte; mehrere Hände ließen Don Fernando los; und da in demselben Augenblick ein Marineoffizier von bedeutendem Rang herbeieilte, und, indem er sich durch den Tumult drängte, fragte: »Don Fernando Ormez! Was ist Euch widerfahren?« so antwortete dieser, nun völlig befreit, mit wahrer heldenmütiger Besonnenheit: »Ja, sehen Sie, Don Alonzo, die Mordknechte! Ich wäre verloren gewesen, wenn dieser würdige Mann sich nicht, die rasende Menge zu beruhigen, für Jeronimo Rugera ausgegeben hätte. Verhaften Sie ihn, wenn Sie die Güte haben wollen, nebst dieser jungen Dame, zu ihrer beiderseitigen Sicherheit; und diesen Nichtswürdigen«, indem er Meister Pedrillo ergriff, »der den ganzen Aufruhr angezettelt hat!« Der Schuster rief: »Don Alonzo Onoreja, ich frage Euch auf Euer Gewissen, ist dieses Mädchen nicht Josephe Asteron?« Da nun Don Alonzo, welcher Josephen sehr genau kannte, mit der Antwort zauderte, und mehrere Stimmen, dadurch von neuem zur Wut entflammt, riefen: »Sie ist's, sie ist's!« und: »Bringt sie zu Tode!« so setzte Josephe den kleinen Philipp, den Jeronimo bisher getragen hatte, samt dem kleinen Juan, auf Don Fernandos Arm, und sprach: »Gehn Sie, Don Fernando, retten Sie Ihre beiden Kinder, und überlassen Sie uns unserm Schicksale!«

Don Fernando nahm die beiden Kinder und sagte: er wolle eher umkommen, als zugeben, daß seiner Gesellschaft etwas zuleide geschehe. Er bot Josephen, nachdem er sich den Degen des Marineoffiziers ausgebeten hatte, den Arm, und forderte das hintere Paar auf, ihm zu folgen. Sie kamen auch wirklich, indem man ihnen, bei solchen Anstalten, mit hinlänglicher Ehrerbietigkeit Platz machte, aus der Kirche heraus, und glaubten sich gerettet. Doch kaum waren sie auf den von Menschen gleichfalls erfüllten Vorplatz derselben getreten, als eine Stimme aus dem rasenden Haufen, der sie verfolgt hatte, rief: »Dies ist Jeronimo Rugera, ihr Bürger, denn ich bin sein eigner Vater!« und ihn an Donna Constanzens Seite mit einem ungeheuren Keulenschlag zu Boden streckte. »Jesus Maria!« rief Donna Constanze, und floh zu ihrem Schwager; doch: »Klostermetze!« erscholl es schon, mit einem zweiten Keulenschlage, von einer andern Seite, der sie leblos neben Jeronimo niederwarf. »Ungeheuer!« rief ein Unbekannter: »Dies war Donna Constanze Xares!« »Warum belogen sie uns!« antwortete der Schuster; »sucht die rechte auf, und bringt sie um!« Don Fernando, als er Constanzens Leichnam erblickte, glühte vor Zorn; er zog und schwang das Schwert, und hieb, daß er ihn gespalten hätte, den fanatischen Mordknecht, der diese Greuel veranlaßte, wenn derselbe nicht, durch eine Wendung, dem wütenden Schlag entwichen wäre. Doch da er die Menge, die auf ihn eindrang, nicht überwältigen konnte: »Leben Sie wohl, Don Fernando mit den Kindern!« rief Josephe – und: »Hier mordet mich, ihr blutdürstenden Tiger!« und stürzte sich freiwillig unter sie, um dem Kampf ein Ende zu machen. Meister Pedrillo schlug sie mit der Keule nieder. Darauf ganz mit ihrem Blute besprützt: »Schickt ihr den Bastard zur Hölle nach!« rief er, und drang, mit noch ungesättigter Mordlust, von neuem vor.

Don Fernando, dieser göttliche Held, stand jetzt, den Rücken an die Kirche gelehnt; in der Linken hielt er die Kinder, in der Rechten das Schwert. Mit jedem Hiebe wetterstrahlte er einen zu Boden; ein Löwe wehrt sich nicht besser. Sieben Bluthunde lagen tot vor ihm, der Fürst der satanischen Rotte selbst war verwundet. Doch Meister Pedrillo ruhte nicht eher, als bis er der Kinder eines bei den Beinen von seiner Brust gerissen, und, hochher im Kreise geschwungen, an eines Kirchpfeilers Ecke zerschmettert hatte. Hierauf ward es still, und alles entfernte sich. Don Fernando, als er seinen kleinen Juan vor sich liegen sah, mit aus dem Hirne vorquellenden Mark, hob, voll namenlosen Schmerzes, seine Augen gen Himmel.

Der Marineoffizier fand sich wieder bei ihm ein, suchte ihn zu trösten, und versicherte ihn, daß seine Untätigkeit bei diesem Unglück, obschon durch mehrere Umstände gerechtfertigt, ihn reue; doch Don Fernando sagte, daß ihm nichts vorzuwerfen sei, und bat ihn nur, die Leichname jetzt fortschaffen zu helfen. Man trug sie alle, bei der Finsternis der einbrechenden Nacht, in Don Alonzos Wohnung, wohin Don Fernando ihnen, viel über das Antlitz des kleinen Philipp weinend, folgte. Er übernachtete auch bei Don Alonzo, und säumte lange, unter falschen Vorspiegelungen, seine Gemahlin von dem ganzen Umfang des Unglücks zu unterrichten; einmal, weil sie krank war, und dann, weil er auch nicht wußte, wie sie sein Verhalten bei dieser Begebenheit beurteilen würde; doch kurze Zeit nachher, durch einen Besuch zufällig von allem, was geschehen war, benachrichtigt, weinte diese treffliche Dame im stillen ihren mütterlichen Schmerz aus, und fiel ihm mit dem Rest einer erglänzenden Träne eines Morgens um den Hals und küßte ihn. Don Fernando und Donna Elvire nahmen hierauf den kleinen Fremdling zum Pflegesohn an; und wenn Don Fernando Philippen mit Juan verglich, und wie er beide erworben hatte, so war es ihm fast, als müßte er sich freuen.